やけあと闇市野毛の陽だまり

新米警官がみた横浜野毛の人びと

伊奈正司　著
伊奈正人　解題

ハーベスト社

昭和二十三年頃横浜伊勢佐木警察署管内とその付近略図

著者作成

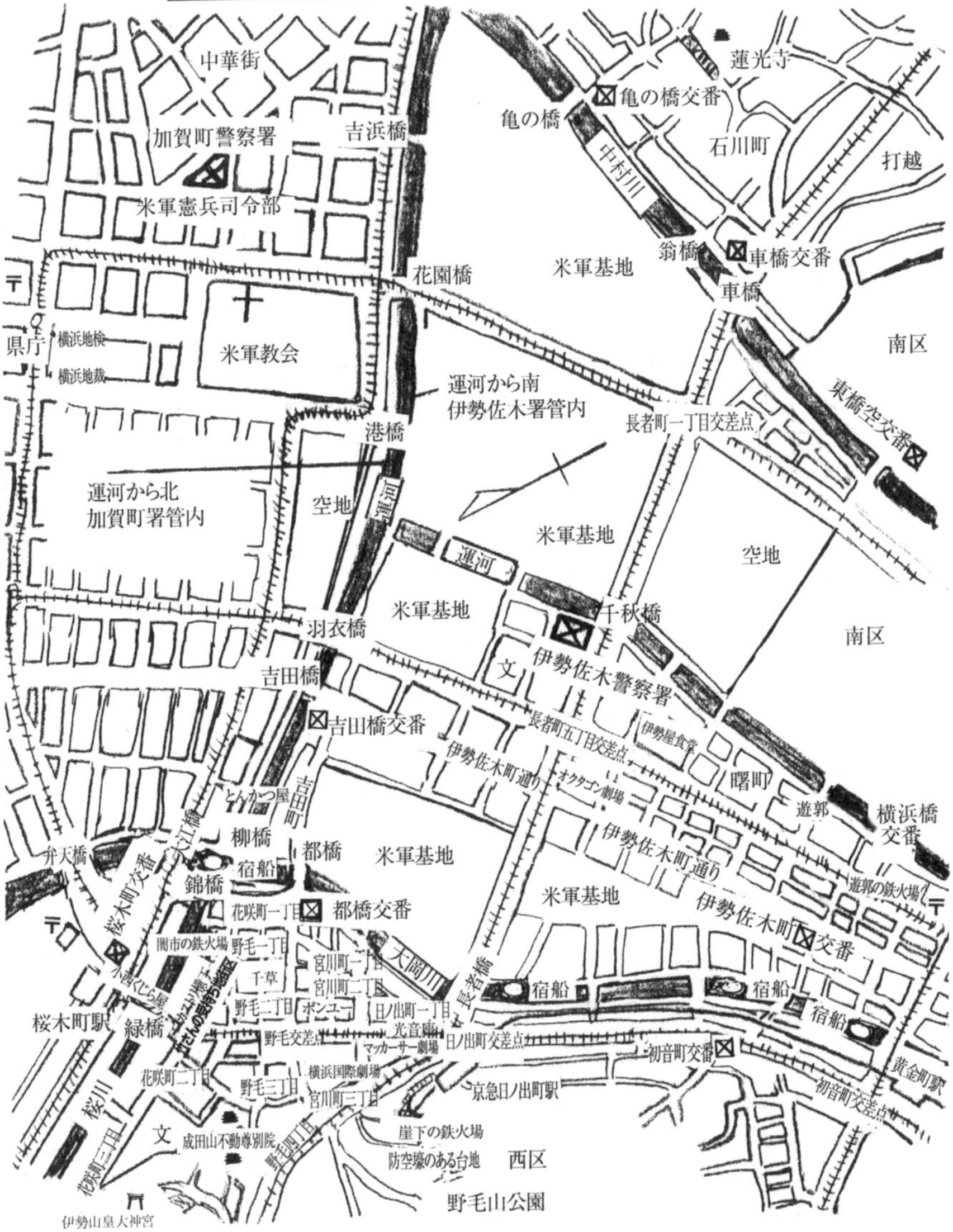

装画：伊奈正司　装幀：椎名寛子

やけあと闇市野毛の陽だまり：目次

Ⅲ．交番の情景

Ⅳ．まちの人びと……109

V. 解題

近所の子どもと著者。都橋交番前で。昭和 25 年頃。（著者提供）

この物語は、房総の一農村に生まれ、貧しい生活をおくりながらも家族の愛につつまれて、ノンビリと成長した若者が、戦後の混沌した時代に、米軍占領下の横浜の警察官になり、東洋のカスバといわれた野毛の闇市を管轄する交番に勤務し、ののしられ、こづかれながら、オイコラ警察官に変身していく物語りである。

伊勢佐木町通り交差点。昭和 30 年頃。
（警察文化社写真部『神奈川県警察の偉容』警察文化社、昭和 31 年）

Ⅰ．オイコラ警官のつくられかた

一・警察官生活のはじまり

昭和二十三年横浜市伊勢佐木警察署都橋の交番に数名の若い巡査が配置された。そのうちの一人を親しい者は「竹さん」と呼んだ。この竹さんが、横浜市巡査になった竹崎正司である。竹さんは警察学校を卒業するとき横須賀市浦賀警察署に配置されることを希望した。それは、食い物のない時代だから故郷の南房総に一番近く、ちょくちょくメシを食いに帰るのにつごうがいい警察署に配置を希望したのだが、世の中そんなに甘くなく、配置されたのは神奈川県で一番の繁華街を管轄する横浜市伊勢佐木警察署だった。しかも、勤務を命じられた交番の管轄する町は、田舎者の竹さんをアゼンとさせた。そこは名に負う闇の町だった。なにするでもなく、ただ道路に立っている人、座っている人、夜は軒下にゴロ寝する人の多い町、それでも活気に満ちているふしぎな町、全国に名をとどろかせた「野毛の闇市」の真直中に交番があり、いわゆる善良な市民と、得体の知れない浮浪者や犯罪者がまざり住む管内一番の無法地帯から、ノロマの竹さんの泣き笑いの警察官生活がはじまった。

横浜市伊勢佐木警察署
都橋巡査派出所

二・昭和二十三年頃の野毛かいわい

交番の前に立つと、野毛大通りの車道の両側は、ギッシリと露店が立ち並び、衣類や靴を売る店でいっぱいだった。交番から桜木町駅に向かう花咲町一丁目の道路も、車道の両側は露店が並び、おもに食い物屋の屋台が多かった。物のなかった時代の人びとは、野毛の闇市に群がったため、野毛の町名は闇市と浮浪者の町として全国的に有名となり、よくマスコミの取材があった。とくに桜木町駅に近い桜川にかけられていた錦橋かいわいは、敗戦で目標と職を失った人びとであふれ、善良な人びとは避けて通っていた。泥で埋まった桜川は汚水が溜まり、大岡川に接する錦橋から上流の緑橋までの約百メートルの野毛側の川辺は、「カストリ」*というあやしげな焼酎を売る小屋が軒を並べ、人びとは、この通りを「カストリ横町」と呼んでいた。カストリ横町の錦橋側に石炭を扱う「石炭ビル」があり、石炭ビルの裏側を「おけら横町」、南側を「くすぶり横町」と呼んだ。この横町は、米軍キャンプの残飯で作ったオジヤを売る店があって、身元のわからない人びとがひしめいており、この人びとを誰言うとなく「野毛の風太郎」と言っていた。この町は、泥棒品を売りにくる者なども多く、錦橋の上はその盗んだ品物を売っている売人もいて、犯罪者の巣となっており、東洋のカスバ**とも言われていたのだ。

＊カストリ：闇市で売られていた酒粕でつくった（粕取りの）やすくて粗悪だが、強烈な焼酎。

＊＊カスバ：アルジェリアのアルジェの一地区。路地路地、家の部屋伝い、屋根伝いに迷路のように細い道が入り組んで拡がり、世界中から犯罪者や怪しげな人々が集まる治外法権的な場所とされた。また独立運動の拠点にもなった。日本でも大ヒットした映画『望郷』(1937) では犯罪者の潜伏先として描かれた。闇市時代の日本でも、こうしたアジール＝聖域の代名詞的な存在となっていた。

桜木町郵便局
東横浜駅
桜木町駅
人力車
弁天橋
桜木町駅前交番
中区役所
大江橋
大岡川
売人
売人
売人
錦橋
昭和二十三年頃花咲町一丁目風景
桜川
泥
泥
カストリ横町
一般の商家
石炭ビル
屋台店
歩道
オジヤを食う風太郎の群
通行人と風太郎
オジヤの屋台
歩道
屋台店
車道
デンスケ博打をするチンピラ
一般の商家

三・間抜け野郎

交番に勤務して一週間程すぎたころ、伊勢佐木町三丁目の質屋に二人組の強盗が押し込み、現金二万円を奪って逃げた事件がおこった。独身寮にいた竹さんたちは、すぐ呼び出された。署長は細かい指示をして張込み場所に竹さんたちを配置した。桜木町駅に配置された竹さんは、電車から降りてきて、すぐ切符を買い改札口に入ろうとする男をみつけ、おかしいと思い交番に連れ込んだ。男は一万円持っていた。竹さんは、被害額が二万円だから二人で山分けすると一万円になるので、犯人かも知れないと思いネバリにネバッテ質問した。見ていた同僚はみんな竹さんが相棒の一人を捕まえたと思ったらしい。だが、竹さんは当時の新語?「人権蹂躙」がフト頭に浮かんでしまっていた。「たまたま一万円持っていたかも知れない。」と善意?に決断し、「失礼しました。」と言って帰したとき、刑事が二人飛び込んできて「ホシはどこだ!」と言った。竹さんが「いま帰しました。」と言ったところ、血相変えてホームに飛んで行ったが間に合わず、電車は出た後だった。手配の結果、上野駅前交番で捕まった。だが、上野署の犯人の調書に「桜木町駅前で捕まって、しつこく質問されたので、観念して白状しようとしたら、なぜか帰された。」とあったため、署長は「間抜け野郎」とカンカンになり、竹さんは悔しいタメ息をついた。

桜木町交番の休憩室
マヌケな竹さん
1 被害額は二万円だから、二人組で山分けすると一万円だ。コイツは一万円もっている。コイツかもしれないぞ?
2 二時間後 たまたま一万円もっていたかもしれない。だとすると人権ジューリンだ。ソロソロ帰すか。
3 失礼しました。お帰りください。
強盗らしく見えない強盗犯人
① コンチキショウ、しつこい奴だ。ウーンもうだめだ、はくじょうするか。
② ナニッ帰れだと、ジャッ、帰らせてもらうか。バカめッ。
現金一万円
チャブ台

四・弱気の失敗

新米巡査は、どこか間抜けな顔をしているのか、デンスケ*という街頭博打をしている極道も新米巡査が通りかかっても馬鹿にして止めようとしなかった。竹さん達四人の新米巡査は、デンスケを捕まえて交番に連れて行く途中、うしろから「やい、てめェら、なんでデンスケつかめェるんだ。」と怒鳴りながら追いかけてくる四人の大男が見えた。一人は鯉の入墨、一人は桜散らしの入墨、一人は背中いっぱいに花札を散らした入墨、一人は天女の入墨と、一目見て兄ィ分の極道だ。大変な剣幕で「こいつらをけェせ。」というとともに、づかづかと竹さん達のそばにきて、捕まえたデンスケ賭博師を連れて行ってしまった。竹さん達はアッケにとられていたが、気を取り直して交番に帰り、業界用語で「交番長（はこちょう）」といわれていた古参巡査に恐る恐る報告した。「交番長」はカンカンになって怒り、先輩に「お前、行って連れてこい。」と命じた。先輩は、ハイと答えて一人で自転車に乗って飛んで行ったが、間もなく全員を連れてきた。竹さん達は先輩の度胸のよさに目を見張って驚いた。だが、それ以上に驚いたのは、倶利伽羅紋紋（いれずみ）の極道も、デンスケ賭博師も「交番長」の前で、ひらあやまりをしていることだった。これを見た竹さんは弱気の失敗を強く反省して、良民を守るために覚悟して強気になる決心をした。

＊デンスケ賭博：街頭で行われるいかさまの賭博。使われるのは文中にある時計のほか、たばこの箱などが用いられるが、手品師のような手口で客は勝つことができない。街頭賭博を逮捕する名人デンスケの名前に由来する。

このできごとは、純情な新米巡査四人組の性格を変えた。

三年後、この巡査四人組の参加した一隊に、バクチ場の手入れをされ、投げ飛ばされて逮捕されようとは、刺青《いれずみ》あにィ四人組は考えてもいなかったろう。

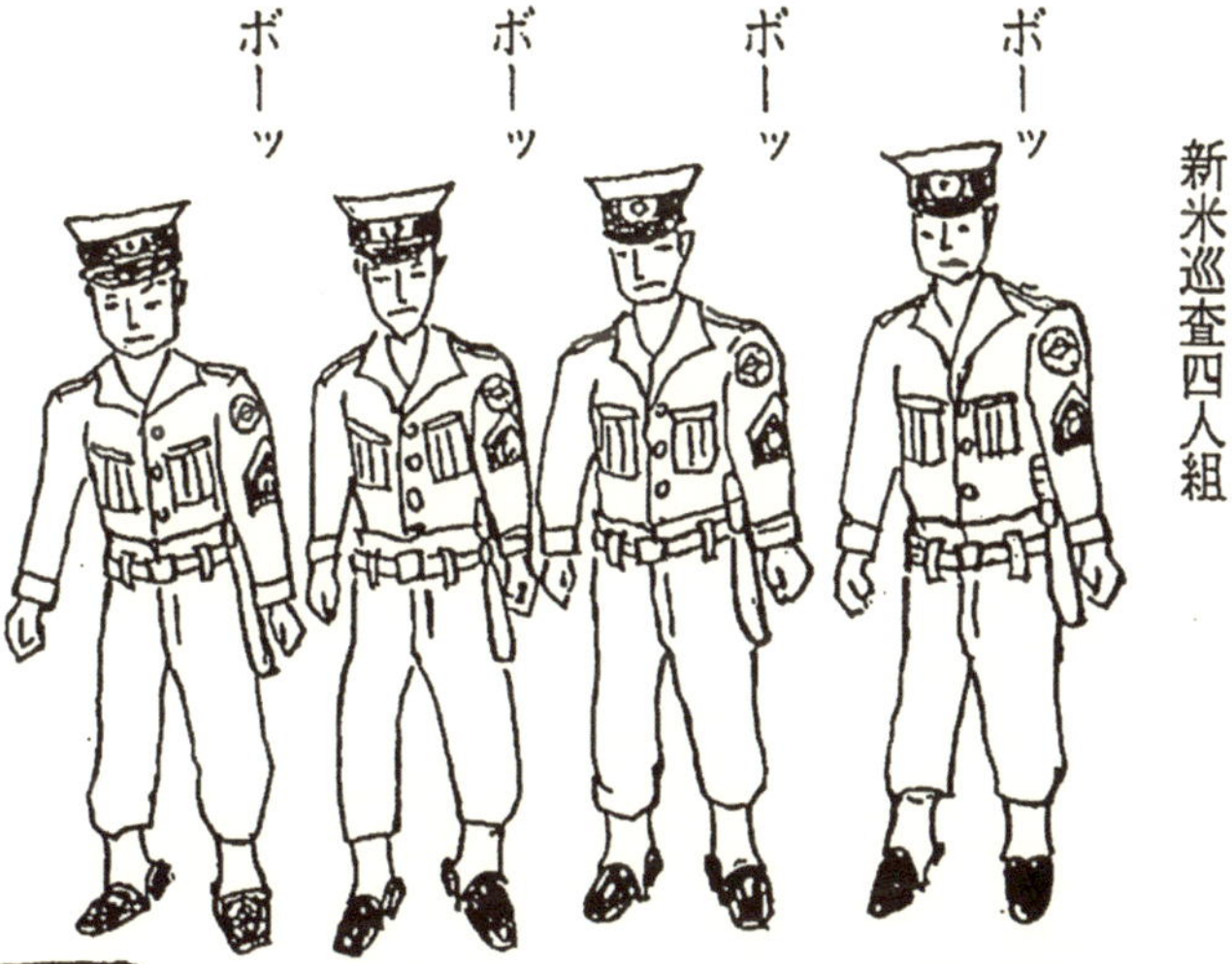

五・変身：泣く子も黙る鬼巡査

体験は人を変える。検挙した犯人を取り返された悔しさは、おとなしかった竹さんを百八十度変えてしまった。いや、変えられてしまったと言った方が正確かも知れない。善良な住民を守るべき警察官が倶利伽羅紋紋の入墨に恐れおののいてどうするか。この自責の念にさいなまされた竹さんは、先輩が心配するほどの暴力警察官になっていた。あるとき、竹さんが交番の前に立って警戒する立番勤務をしていると、すし屋の屋台でチンピラが暴れているとの急報があった。竹さんは、すぐ駆け足で飛んで行った。その時代では乗物は邪魔になるだけなのだ。現場に着くと、自分で彫ったとすぐわかる蜘蛛の巣の珍奇な入墨をしたチンピラが、檜造りの立派な屋台を横倒しにして蹴り付けている。竹さんは、その男の首筋をグイと掴み、両足ばらいをした。うしろにころんだチンピラは、竹さんを見るなり、「ポリ公、そんなことしていいのか人権蹂躙だぞッ！」とわめいた。竹さんは、「ふざけるな、お前のような毒虫に人権はない。人権のあるのは、すし屋の親父さんのほうだ。」と、やり返し、それから暴れるたびに足払いをかけながら、チンピラを交番に連れて来たが、土下座してあやまらせるのに一分もかからなかった。ついに、ノロマの竹さんは泣く子も黙る都橋の竹さんに変身してしまっていた。

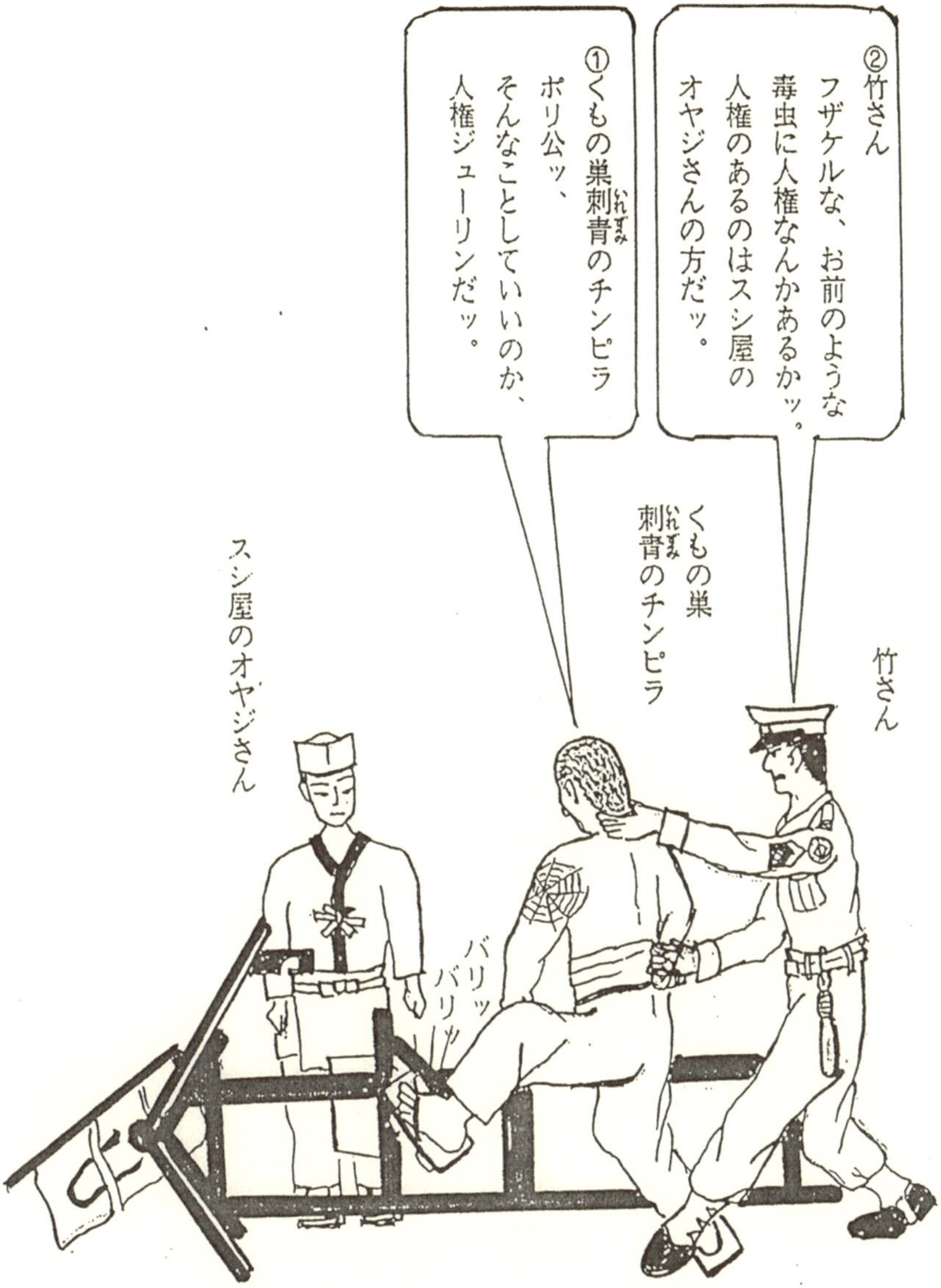
②竹さん
フザケルな、お前のような
毒虫に人権なんかあるかッ。
人権のあるのはスシ屋の
オヤジさんの方だッ。
①くもの巣刺青《いれずみ》のチンピラ
ポリ公ッ、
そんなことしていいのか、
人権ジューリンだッ。
竹さん
くもの巣
刺青《いれずみ》のチンピラ
スシ屋のオヤジさん
バリッ
バリッ

六・暴力米兵

竹さんの一生で死刑を覚悟したことが一回だけある。それは、二十三歳の夏のことだ。巡回をおわって交番の前までくると、交番の頑丈な外開きの扉が閉まっているのだ。ガラス越しに中を見ると、米兵がわめいており、同僚は相手が相手だから、消極的である。竹さんが交番の中に入ろうとしたところ、米兵が交番の中から扉を蹴飛ばした。外開きの頑丈な扉がいきおいよく竹さんの顔面に飛んできて竹さんの帽子のひさしに当たった。竹さんは気を失いそうになりフラッとしたが、歯をくいしばって立ちなおり、咄嗟に拳銃をうばわれると感じた。そのとき、扉を蹴り開いた米兵が竹さんにむかって突進してきた。竹さんは瞬間的に柔道の「支え釣り込み足」をかけていた。米兵は道路にブザマに倒れた。そのときの竹さんに理性はなかった。米兵に交番の前の電話柱を抱えさせて手錠を掛け、バケツに水を汲んで頭からぶっかけてしまった。すぐにMPがきて米兵とともに米軍憲兵司令部に連行され、米軍検事の取調べをうけたが、「泥酔者を柱に縛ること」、「水をかけること」は、日本の古くからの風習だと言ったところ、意外なことに拳銃で射殺しなかったことを感謝され、遠慮しないでビシビシ取締まれと励まされた。竹さんは内心、巣鴨プリズンに送られて絞首刑になるかもしれないと思っていたのでホッとした。

後日、米軍検事の取調べ

竹さん
よっぱらってあばれる者を柱にしばり、水をかけることは、しずめるための古くからの日本の風習です。？

米軍検事
アメリカヘイガ、ワルイコトヲシタナラ、エンリョシナイデ、ビシビシ、トリシマリナサイ。

真金町遊郭街夜景
（警察文化社写真部『神奈川県警察の偉容』警察文化社、昭和 31 年）

Ⅱ．闇市の攻防

一・大泥棒の悪知恵

悪い奴は大胆で頭もいい。あるとき、竹さんは本署から「大山一郎（仮名）という大泥棒が風太郎の中にいるから、見つけて連れてこい。」と命令された。その男は盗んだ品物を当時の国鉄チッキで桜木町駅に送り、その引換証を売っているとのことだ。手ぶらで歩けば職務質問はまず受けない。よく考えたものだ。竹さんは、とにかく風太郎の姿になって彼等の群れに入り込んだ。だが、写真のような本人を見分ける資料はなく、雲をつかむような仕事だ。親しい風太郎に「大山一郎知ってるか」と聞き歩いていると、一人の若者が、「あいつは長者橋の宿船にいるよ」と言ったので、その若者を連れて宿船に行った。若者が「大山一郎いるか」と聞くと、宿泊者は答えず、ポカンとしている。それからの竹さんは、その若者と毎日大山を探し歩いた。ある日、顔見知りの風太郎から「旦那、毎日大山と歩いているが何かあったかね？」と聞かれた。竹さんはガクッときた。なんと尋ねる大山は、その若者だったのだ。翌日、ヌケヌケと出てきた大山を捕まえたが、だまされた竹さんは、その後、青森を探すときは「四国はいないか」と聞き、いないと答えると、「お前の名前は」と聞く。「俺は青森だ」と答えると、「本当か？」と念を押してみる。「本当に青森だよ」と答えると、「お前に用がある」と連れてくるオトボケ捜査を覚えた。

竹さんのヘンソウは、グンタイからもらってきた、雨着《あまぎ》を制服《せいふく》のうえからびっかけて、くびにキタナイ手ぬぐいをまいてネクタイをかくし、ズボンのスソをまくり、ケズネをだして右足《みぎあし》にオンナもの、左足《ひだりあし》にオトコものの、ゲタをはいていた。雨着《あまぎ》のなかは、制服《せいふく》にピストル、警棒《けいぼう》すがただった

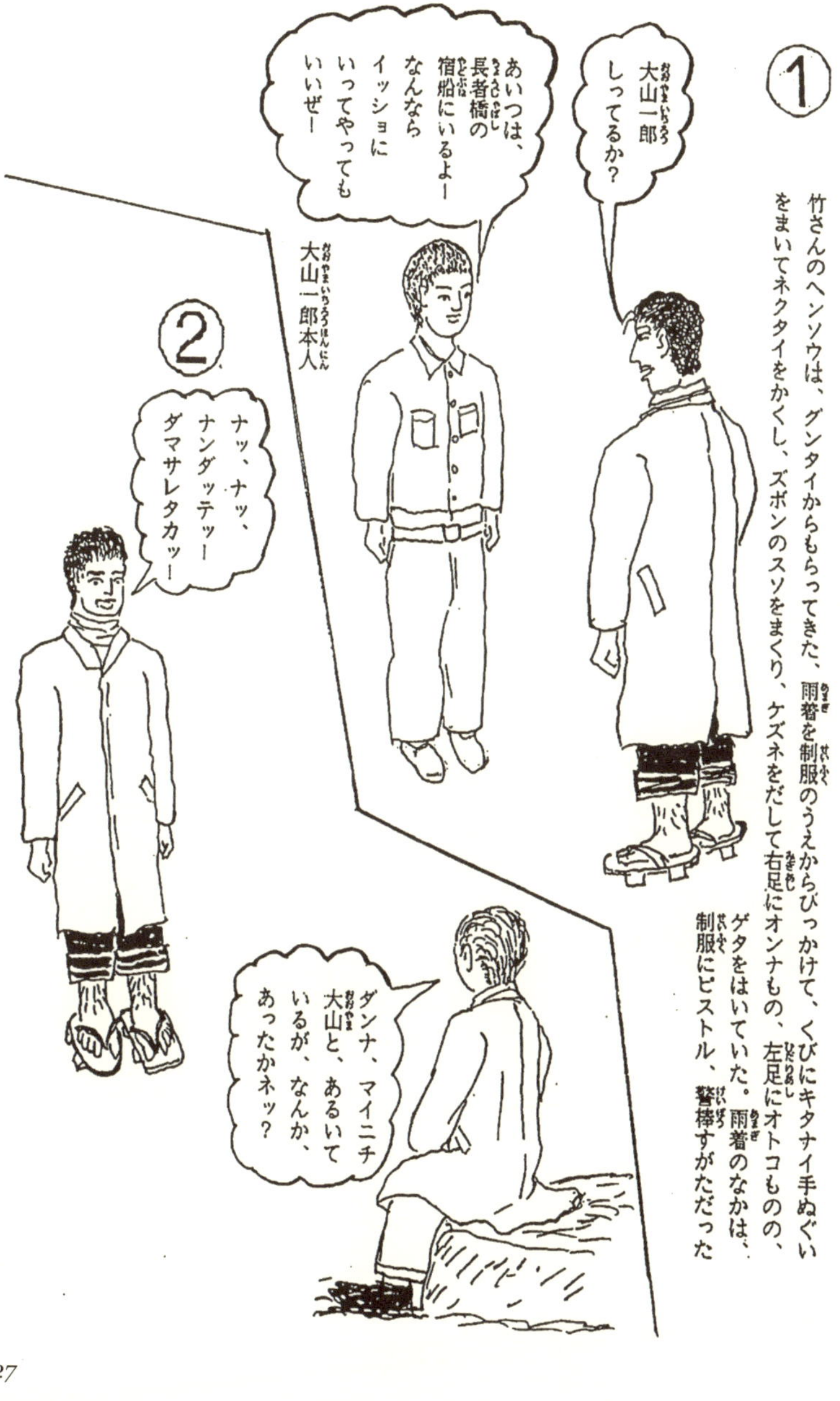
①
大山一郎《おおやまいちろう》しってるか？
あいつは、長者橋《ちょうじゃばし》の宿船《やどぶね》にいるよー なんならイッショにいってやってもいいぜー
大山一郎本人《おおやまいちろうほんにん》
②
ナッ、ナッ、ナンダッテッー ダマサレタカッー
ダンナ、マイニチ大山《おおやま》と、あるいているが、なんか、あったかネッ？

二・強盗殺人犯人の悪知恵

竹さん達は泥棒を捕まえるのに夢中だった。このころの竹さんは、出勤前に朝早く自主警らをしていた。ある早朝、いつものように出勤前の警らをしていると、一人の男が古着屋の前で立ち止まった。竹さんは、何かすると直感してゴミ箱の陰に隠れて見ていると、その男は着ていた古ぼけた上着を脱いだ。その下はモーニングコートを着ている。それから男はつぎつぎと脱いでいき、なんと十二枚も着ていた。そして、またもとの古着を着た男は、脱いだ衣類をまとめて古着屋の戸をたたくと、戸が開いた。男は店の中に入った。しばらくして男が出てきた。ノロマな竹さんは、地理的状況からみて必ず交番の前を通ると考えて、そっと後をつけた。案の定、交番の前に近付いた。チャンス到来、「もし」と声をかけて交番に連れ込んだ。一筋縄にはいかないと思ったが、以外にも男は泥棒の事実を素直に白状した。ところが、これは予定の行動だったことがわかった。男は刑務所を出た日に三崎町の老夫婦の家に三人組で押込み、老夫婦を殺して金を奪い、捜査の裏をかき大胆にも逃げ場所を刑務所と決め、その日に東京で衣類を盗み、わざと捕まりやすい交番の近くの古着屋に売り、運よく?竹さんに捕まり、計画どおりまんまと刑務所に逃げ込んだのだ。一生懸命働いて殺人犯の計画を助けた?竹さんの手柄は、ただの泥棒検挙だった。

ドロボー
じつは、強盗殺人犯人、
古着買います。
モーニングのしたに、かなりの洋服《ようふく》を着《き》ている。
ヌスンダ、モーニングを着《き》ている。
ツギツギとぬいでいる。
まちかどのゴミ箱《ばこ》
竹さん オオモノのドロボーだッー
足のノロイ 竹さん 交番のちかくにゆくまでソッとあとをツケてゆこう。

三．追剥ぎ犯人スピード検挙

竹さんが、巡回中に立ち寄った桜木町交番から出たとき、錦橋の上で若者が酔っ払いを殴り倒し、上着のポケットを探り始めた。酔っ払いは泥棒、泥棒とわめいている。竹さんは、スッと近付き若者の手を掴んだ。若者は必死で竹さんの手を振り払い、盗んだ紙幣を空中に投げ上げて脱兎の如く逃げ出した。竹さんは、生まれつき?のノロマのうえ、真冬の夜のため、防寒外套を着て米軍払い下げの脚半付きのドタ靴を履いている。一方若者は作業服に運動靴という軽装である。おまけに空中に投げられた紙幣がヒラヒラと舞っている。これも犯人の悪知恵なのだ。竹さんは交番の方に向かって「拾ってくれ」と叫んでドタドタと犯人を追いかけた。犯人はグングン遠ざかる。その格好がおかしかったらしく、夜の女達が笑い転げている。夢中で追いかける竹さんに恥かしいなんて気持ちはない。でも、犯人を見失ってしまい。疲れはてた竹さんは料亭の壁にもたれてハアハアと荒い息をしていた。ところが頭上の屋根からも荒い息が聞こえる。犯人は屋根にいる?竹さんは息をひそめた。犯人の息だけが聞こえる。犯人は、しばらく休んだあと、下の竹さんに気付かず、竹さんのそばに飛び降りたので、竹さんは組み付いて逮捕した。後日、ノロマの竹さんは強盗犯人スピード検挙?で警察本部長から表彰された。

ハアッ！ハアッー
ヤレ ヤレ アブナカッタッ！
屋《や》根《ね》
ヤツ、アイツ、ウエニイルッ！
アイツ、マダ、オレニ、キヅイテナイゾッ！
ドウシヨウカ？ マッ、スコシ、ヤスモーッ！
ハアッ！ハアッ！

四・パンツの中の包丁

昔のパンツは紐がついており、前で結ぶようになっていた。ある夏の日「屋台でチンピラが暴れている。」と交番に駆け込まれた。竹さんが駆け付けたところ、屋台の中で怒鳴り声が聞こえた。竹さんが「静かにしろ！」と一喝すると、「なにィ、ポリ公」と言いながら、一目見てポン中（ヒロポンという覚せい剤中毒者*）とわかるパンツ一枚のヒョロヒョロ男が屋台から出て来た。竹さんは、男がパンツ一枚のため凶器を持っているとは思わなかった。ところが、男が右手をうしろにまわした途端、パンツの中からキラリと光る包丁を取り出して竹さんの腹をめがけて突きかかった。竹さんは咄嗟にうしろに飛び退きながら、両手で男の手首を掴んだ。男が手首を必死で動かすと、包丁の先が竹さんの腹スレスレに上下左右する。竹さんは夢中で男の手首を押しながら捻り潰し、包丁を取り上げて逮捕したが、後で竹さんは、「いきなりだったから逮捕できたのであって、身構えられたら、拳銃を使っただろう。お互いに無事でよかった。それにしても男は、パンツの中に包丁を入れて、よく尻を切らなかったものだ。」と思った。それからの竹さんは、紐のパンツと怖いもの知らずのポン中を警戒した。

*ヒロポン：かつて市販されていた覚せい剤の一つ。疲労感をなくす、眠気除去、気分高揚などの効果があるため第二次世界大戦でドイツ軍が導入。日本軍が追従し、さらに軍需工場でも使われるようになった。終戦でそのストックが市中にでまわり一般に流行した。さらに各製薬会社が増産しなかでも大日本製薬の「ヒロポン」（ギリシア語の「労働を愛する (philoponus)」が語源と言われている）がよく売れたため代名詞となった。昭和26年「覚せい剤取締法」が施行され禁止薬物になった。

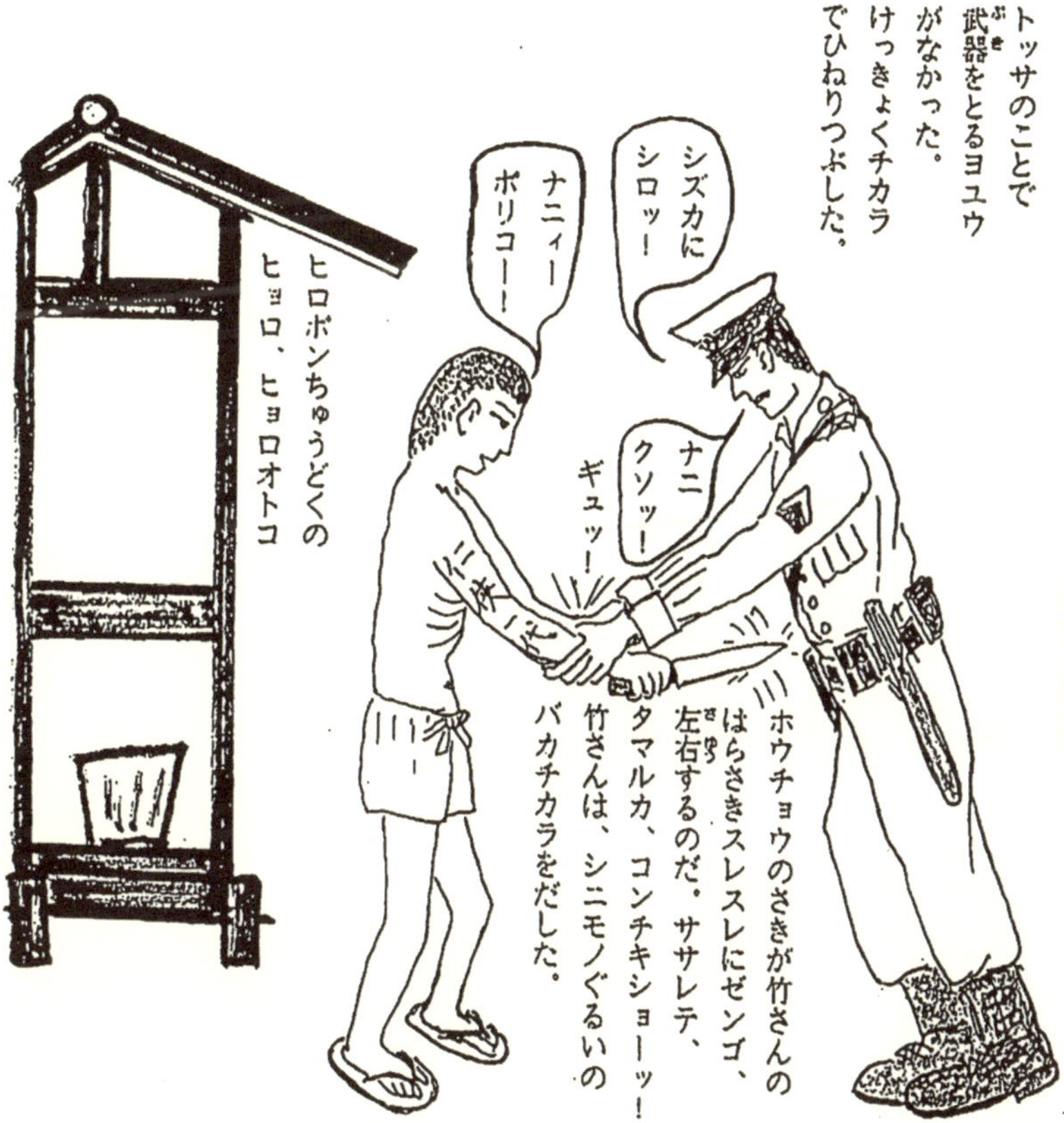
トッサのことで武器《ぶき》をとるヨユウがなかった。けっきょくチカラでひねりつぶした。

シズカにシロッ！

ナニィーポリコー！

ナニクソッ！

ギュッ！

ホウチョウのさきが竹さんのはらさきスレスレにゼンゴ、左右《さゆう》するのだ。ササレテ、タマルカ、コンチキショーッ！竹さんは、シニモノぐるいのバカチカラをだした。

ヒロポンちゅうどくのヒョロ、ヒョロオトコ

五．神をも恐れぬ泥棒

ある早朝、都橋交番に一人の男が駆け込んで来て、「泥棒が伊勢山皇大神宮本殿の銅葺き屋根をはがしている」と届け出た。伊勢山は管轄外だが、そんなことは言っていられない。竹さん達は猟犬のように交番を飛び出した。竹さんを含めて六名程の巡査が一斉に飛び出したので届け出人はアッケに取られていた。竹さん達は野毛通りを駆け上がり、伊勢山の表参道と裏参道に分かれて駆け付けたので泥棒に逃げ道はない。当時の警察官は戦争体験者ばかりだから、こんな行動は自然に行われた。しらじら明けの境内は静まりかえり、ただ、バリバリと銅板をはがす音だけが聞こえる。竹さん達は立ち入り禁止の柵を乗り越えて本殿の裏にまわったところ、はがした銅板を丸めて束にしたものが三個程、地面に落してある。見上げると屋根の上に三名の若者の頭が見える。「オイッ！神様のバチが当たるゾッ！降りて来いッ！」と一喝すると、キョトンとした顔が三つ屋根の上に並んだ。シブシブ梯子で降りて来た若者に、銅板の束を背負わせ、捕縄でつないで意気揚ようとひきあげた。当時の巡査は捕縄という犯人を縛る細い麻縄だけが渡されており、手錠は自分で買っていたので、手錠のない者もいた。それにしても、この事件で神社は大変な被害だったと思うが、泥棒にバチが当ったという話は聞かない。

キョトン
キョトン
キョトン
屋《や》根《ロ》の上《え》
キョトンとしたカオが三《みっ》つ屋《や》根《ロ》のうえにナランダ。
ヒサシ
板《いた》戸《ど》
廊《ろう》下《か》
ランカン
オイッ！
カミサマのバチが
アタルぞッ！
オリテこいッ！
ドウバン
ドウバン
ドウバン

六・ストリップ・ショウの取締り

敗戦後、わが国の性風俗は、アメリカ映画の輸入などで戦前の厳格さが消えて、なにもかもアメリカのマネをした。それは、映画界から始まったように思えた。その後、舞台に額縁を設置して、全裸の美女がその中に入り、ポーズをとってジッと立ち、あたかもヴィナスの絵のように見せる額縁ショウが現れた。わが国の男達は、その美しい姿にウットリさせられた。横浜国際劇場でもそのショウが上演されたが、「わいせつ性」がないということで、取締りはしなかった。ところが、堂どうの裸踊りが小さな仮設劇場で行われるようになり、益ますエスカレートして放っておけなくなった。竹さん達数名の交番勤務員が署長室に呼ばれ、写真を撮影して検挙するように命じられて入場料金を渡された。竹さん達は内心ウキウキしながら切符を買って薄暗い粗末な劇場に入った。

舞台の上では、盲腸手術の傷跡のある丸裸の女性が二枚のお盆で秘密の部分を交互に隠しながら踊っている。テンポの早い音楽にあわせて、お盆の速度が速くなると秘密の部分は丸見えとなり、観客は喚声をあげる。なかには手をのばしてさわろうとする者もいる。ところが、検挙のサインが出ない。どうしたのかと聞くと、お盆の速度調節が巧妙で写真が撮れないというのだ。結局、たっぷりサービス?されて終った。相手の方が一枚上手だったということか。

テンポノ
ハヤイ
オンガク
にアワセテ
オボンデ
マエを
カクス、
オボンノ
ソクドが
ハヤク
なると
ゼンカイ
になる。
カンシン
している
バアイぢゃ
ないが、よく
カンガエタ?
ものだ。
チイタカタッタッ
チイタカタッタッ
ワーッ!
ワーッ!
ワーッ!
ワーッ
ワーッ!
コートのナカの
ニガンレフ・カメラを
ノゾク、ボウハンガカリ
カメラをカクス
ボウハンガカリ
サツエイの
スキマ
カメラカクシの
ボウハンガカリ
コウバン
コウバン
コウバン
コウバン
コウバン
竹さん
コウバン

七・崖下の鉄火場つぶし

竹さんは、交番の管内にある鉄火場と言われていた博打場二つを交番だけで行った手入れに参加した。指揮者は方面担当の巡査部長だ。明日の午後四時に隣接署の空き交番に、完璧な変装をして集合するように指示された。翌日の指定時間になると、隣接署の空き交番は異様な風体の若者で一杯となった。指揮者は、梯子一、鉄線切りクリッパー一を用意していた。指揮者は人員を数組に編成して、三三五五バラバラになって野毛山公園に移動するように指示した。竹さん達が「なにするのか」といぶかりながら野毛山公園に集合したとき、はじめて野毛山の崖下にある鉄火場の手入れをすることが告げられ、それぞれ綿密な役割分担を指示された。人員を甲隊と乙隊の二隊に分け、甲隊は見張りのいる表から、乙隊は険しい石垣の崖に守られていて、見張りのいない裏側から突入を指示された。裏側の崖上は幅一メートル程の狭い道があり、有刺鉄線が張られている。まず、乙隊が崖道を包囲し、クリッパーで鉄線を切り、崖に梯子を掛けて音もなく鉄火場に入り、盆茣蓙をグルリと取り巻いた。その瞬間、指揮者が「それまでだッ!」と一喝した。そのとき、表で「マッポウッ!」と血を吐くような見張りの悲痛な声が聞こえた。手入れの役割分担は完璧だったので全員逮捕し、証拠品も押収して手入れは成功した。

ソーット、バクチバにハイリ、まわりをカコンダ、コウバンのメンメン。バクチウチのレンチュウは、ハシゴでイシガキをオリテくるとはオモワなかったらしい。
バクチをシラナイ竹さんは、キャクジン、ツカマエヤクダ、ナンチュウバクチなんだコリャーッ!?
コウバン
ショウコヒン
トリアゲヤク
コウバン
キャクジン
ツカマエヤク
コウバン
ショウコヒン
トリアゲヤク
カタギのキャクジン
カタギのキャクジン
カタギのキャクジン
フンドシカケタヒャクエンサツ
ハナフダがチラバッテイル。
ドウモト
コウバン
ショウコヒン
トリアゲヤク
コウバン
ドウモト
ツカマエヤク
コウバン
ドウモト
ツカマエヤク
コウバン
ショウコヒン
トリアゲヤク

八・鉄火場の防御体勢

鉄火場の手入れをはじめて体験した竹さんは、鉄火場の防御体勢に驚いた。表の入口は三段階に固め、それぞれ見張りが置かれているのだ。裏側は猫でも登り降りできそうもない険しい崖であり、更に有刺鉄線を張り巡らせて、何人の出入りも許さない体勢だ。外側の防備は、この位だが、家の中の防備には驚かされた。柱にロープが結わえてあり、警察に踏み込まれたときに、そのロープを引くと、鉄火場の屋根がパッと左右に開き、屋根伝いに逃げられるようになっていたのだ。手入れのときの博徒の行動は目を見張る程すばしこかった。彼等の鉄の掟がそうさせたのか、手入れのとき、警察官の「それまでだッ!」の声に、柱のロープがサッと引かれた。同時にパッと開いた屋根に飛び付いて逃げようとする堅気?の客人達、それを逃がそうとして警察官の前に立ちふさがる博徒達、その光景は、さながら映画の四十七士の討入りシーンそのものだった。堅気の客人は必ず守らなければならない博徒の掟を守りきれずに、堅気の客人を逮捕されたためか、その鉄火場はたちまちつぶれてしまい、身内は、ちりぢりとなり、それぞれ堅気になったとのことだ。それにしても、あの要塞の攻撃によく成功したものだ。

ヤネにニゲル、キャクジンをツカマエル、コウバンのメンメン
ヤネにニゲル
キャクジン
カイダン
がオリルと
サッとヤネ
がヒライタ・
ホシゾラが
ミエル・
マテッ!
コノヤロウッ!
カタギ?の
キャクジン
ツナ
ハシラ
バクチバのサンシタがツナをヒクと、カイダンがオリテきてヤネがポッカリとヒライタ・そこからキャクジンをニガスのだ。
コウバン
コウバン
コウバン
サンシタ
キャクジンを
ニガソウとして
たちふさがる
バクチウチ
ドケッ!
ドケッ!
ドケッ!
コウバン
コウバン
コウバン
コウバン
コウバン

九．平場の鉄火場つぶし

署長は、平場の鉄火場の手入れを命じた。その鉄火場は、人足相手の屋台店がひしめく、人足寄せ場のような町にあったので、客は人足ばかりだった。見張りは表と裏にいた。指揮者の巡査部長は、この手入れの要員に柔道選手を選抜した。集合は隣接署の空交番だ。指揮者は、見張りを投げ飛ばして突入するイ号作戦と、見張りをおびき出して突入するロ号作戦の二つを示し、どちらにするかは現場の状況で決定して指示すると言った。二人、三人と分散して私服巡回をよそおって静かに鉄火場の表と裏を包囲した。表に長身の見張りが一人立っている。指揮者はイ号作戦を決意し、Y選手に見張りを一瞬にして倒すことを命じた。Yは見張りに近付いた。見張りが「ご苦労さんです」と言った途端、必殺の大外刈りが飛んだ。見張りは声も出さず仰向けに倒れた。間髪を入れず先行隊が突入し、続いて竹さん達が突入した。不意を突かれた賭博中の人足どもは慌てて逃げ出したが、柔道選手ばかりの包囲網は破れず、全員投げ飛ばされて逮捕された。町の人びとは、恐ろしく柔道の強いお巡りさんばかりだったと、驚嘆の噂をした。だが、この鉄火場の客人は人足ばかりで、しぶとくつぶれず、本部警備隊の絶え間ない手入れによって、ようやくつぶれた。

ニンソクばかりのバクチバだが、カネはミブンにカンケイないからケッコウモウケテイタようだ。このころはジャンバーがはやっていた。
ヒッサツのオウソトガリがとんだ。
トツニュウするセンコウタイのメンメン
バクチバのイリグチ
ノドワをキメラレテコエがでないミハリ
コエをださないキアイ
エッ！
ウッ！
ドシンッ
ヤッタッ！ソレッ！フミコメッ！
シキシャのジュンサブチョウ
コウバン
ヤッタッ！イクゾッ！
コウバン

十・遊郭の鉄火場つぶし

交番警察官の働きを署長は高く評価し、遊郭の鉄火場の手入れを命じた。こんどは竹さん達の交番の管轄外だから、見張りの位置や賭博をやっている開張日を自分達で確認しなければならない。指揮者と竹さんは、鉄火場を見下ろすことのできる隣の郵便局の屋上に上り、数日かかって開張日、見張りの位置、周囲の状況などを観察して図面を作り、極秘に作戦を検討した。ちょうど都合よく鉄火場の隣に料亭がある。指揮者は、架空の会社名でその料亭の鉄火場に面した部屋を慰安会の名目で予約をした。開張日は偵察済みである。ただ、念のため、郵便局の屋上で確認して来る者を配置した。そして社長に化けたり、部長に化けたりした奇妙な会社員が料亭に集まった。酒と料理を運ばせたが、料理だけを食べて酒は一滴も飲まず、迷演技?で歌い踊った。開張を見届けた者からの報告があり、静かに一人ずつ料亭の中庭に出た。中庭の竹垣の外は、見張りのうしろの路地で、路地の向かいが目指す鉄火場だ。先行隊が竹垣をソッと引抜き、なんなく見張りのうしろの路地に出て、鉄火場の玄関から静かに中にはいり、旦那衆の居並ぶ盆茣蓙を取り囲んだが、勝負に夢中の連中は声を掛けられるまで気付かず、あっけなく全員逮捕した。旦那衆を逮捕されたその鉄火場もつぶれてしまった。

このバクチバは、アカセンといわれていたムカシのユウカクのナカにあったので、ホソイロジがマガリクネッテおり、バイシュンヤドのいりぐちには、いつもオンナタチがコシカケてキャクをひいていた。

キタガワのミハリは、オンナタチとイチャツイテいて、ウシロのバクチバのいりぐちから、コウバンのメンメンが、ツギ、ツギとはいりこむのにキヅカなかったらしい。

十一・靴泥棒と職務質問

ある夏の早朝、露天商の荷物預かり屋さんの娘さんが「お客さんの靴の入った竹行李を一個盗まれた。」と言って交番に飛び込んできた。竹さんは、駆け足で被害者の家に駆け付けた。「泥棒は、入口の戸を外して入り、板の間にあった女性靴の入った竹行李一個を盗んで行った。」と主人が説明した。竹さんは、現場をそのままにしておくように告げて被害者と一緒に交番に帰り、本署に報告して鑑識を頼み、交番の外に出たところ、交番裏の小屋に住んでいる身元不詳の若者が女性のハイヒール二足を持って通りかかった。竹さんは、すかさず交番に連れ込み、「この靴か」と被害者に聞いたところ、目印でもあったのか被害者は、「この靴です。」と断言したので、若者と被害者を連れて若者の小屋に行った。小屋の入口に名前の付いた竹行李が置いてある。被害者が確認して「この行李ですッ！」と叫んだので、「お前が盗んだのか」と聞いてみたところ、「私が盗みました」と素直に認めたので、緊急逮捕とし、小屋を捜索したところ、出るわ、出るわ、続ぞくと出てくる。ふと、天井を見上げると、どこからか拾ってきて天井に付けたと思われる丸いビル用の電気カバーがあった。そこにも大量のハイヒールのシルエットが見えた。

ドコカラカ、
ヒロッテきたビルのデンキカバーのナカにもオンナモノのクツのシルエットがミエル・
ヌノのシタはゼンブヌスンダオンナモノのクツダ・
オマエがヌスンダノカ?
ハイ、ワタシがヌスミマシタ・
コノクツデスッー
竹さん
ヒガイシャ

十二・運の悪かった万引き男

あるとき、竹さんは、弁天橋際の歩道を歩いていた。すると、伊勢佐木署の刑事を定年退職後、伊勢佐木町通りのデパート野沢屋の警備員になったF先輩と呉服売場の責任者がやってきた。そして、竹さんに「あの男のボストンバックの中を調べてくれ。」と言った。竹さんがソッと見ると、坊主頭に茶色の上下、運動靴という泥棒の盛装?をした男が、ボストンバックを持って早足で歩いている。竹さんはソシラぬ振りをして男に近寄り、いきなり「もしッ」と声を掛けた途端、男はバックを竹さんに投げ付けて、物凄い勢いで駅に向かって逃げ出した。ノロマの竹さんは思わず「しまったッ」と声を出した。警笛をくわえ、ピーッ、ピーッ、ピーッと、けたたましく続声（急を知らせる吹き方）を吹きながらドタドタと追いかけた。ホームに行かれては大変だと思い、「捕まえてくれーッ!」と大声で叫んだ。竹さんのチョンボを救ったのは、当時の桜木町駅前の警察官の配置である。信号機のなかった時代だから、交通の流れが交差する場所には、すべて交通警察官が配置されていた。警笛と竹さんの叫びを聞いてワッと七人程の交通巡査が行く手をふさいで包囲した。ハァハァ言いながら駆け付けた竹さんは、なんなく逮捕した。交番でボストンバックの中を見て驚いた。一万円以上の反物が五本も入っていた。

ツカマエテ
クレーッ！
ピーッ、ピーッ、ピーッ、ピーッ

十三・建築現場の柱泥棒

敗戦後三年を過ぎた頃の野毛の町には、戦災で家を焼失した人びとが、家を新築しはじめた。ところどころに基礎工事が終わり、縄張りをした囲いの中に柱が積まれシートをかぶせて縄でしばってある光景が見られた。ところが、この柱を盗んで食い物屋の露店に売る風太郎がかなりいた。柱が一本なくても家はたたない。この不届き者を捕まえて町の復興を図るのも交番の仕事なのだ。竹さんは、柱については現行犯主義だった。それは、盗んだ柱は切って薪にされるのが多かったからだ。切られてしまっては被害は復活されないのだ。だから、竹さんは午前二時頃の深夜には休憩時間でも街角に立った。交差点の角に立って見渡すと、柱をかついだ人影が見える。ノロマの竹さんは物陰にかくれて接近するのを待った。泥棒がすぐそばまで来ると、スッと近付いて捕まえた。泥棒に柱をかつがせたまま、交番に同行し、どこの建築現場から盗んで来たかを質問する。それで一件落着するのだが、困るのは余罪を吐いた場合だ。中には、捕まる前に数回盗んですでに露店に薪として売ったと白状する者もいた。竹さんは逐一自転車で露店に行って薪になった柱を確認する。次に露店のおやじを起こして本署に同行し、キツイお灸をすえてもらう。でも、それに懲りるような相手ではないので被害者は泣寝入りするしかなかった。

竹さん
ハシラいっぽん
なければイエは
たたない。
みんなマキにする。
キラレナイうちに
つかまえなきゃぁ
ダメだッ

十四・炭泥棒と侵入泥棒

竹さんとS先輩は、休憩を返上して深夜の巡回に出た。竹さんは、野毛通りの北側をまわり、S先輩は南側に向かった。午前二時頃に歩いているのは、必ず泥棒と考えてよかった時代だった。竹さんが交差点の角から四方を見渡すと、何かかついでヒョコ、ヒョコと歩いて来る人影が見える。物陰に隠れて近付くのを待ち、近付いたところで捕まえたところ、かついでいたのは良質の木炭の入った炭俵だ。炭屋の倉庫から盗んできたのだ。立派な進入盗だが、建築現場の柱泥棒よりは被害者にあたえるダメージは少ない。それでも放っておけない泥棒だ。柱泥棒を捕まえるための休憩返上の深夜巡回だったが、やはり捕まえて本署に連れて行った。考えてみれば邪魔な泥棒だった。その頃、南側に向かったS先輩は、本格的な侵入盗を捕まえていたわけだ。S先輩の話によると、「歩道を歩いていると、喫茶店の窓が開いて風呂敷包みが足下に投げられた。アレッ?と思って立ち止まると、窓から両足が出てきた。見ていると、一人の男が窓からズルズルとすり出てきて、風呂敷包みを拾おうとしたとき、S巡査に気付いて仰天したとのことだ。」S先輩の話に同僚は大笑いをした。S先輩が捕まえた泥棒は、取調べの結果、かなりの余罪があったようだ。竹さんの捕まえた炭泥棒も侵入盗で炭泥棒の余罪がかなりあったが竹さんは複雑だった。

①
炭泥棒もソウコにシンニュウしてぬすんだものだ。ヤッパリつかまえなきゃなんねェカッ。
竹さん
ドロボウにも、クライがある?フクザツ??竹さん
②
よざいのあるショクニンのドロボウがメのまえにでてきた。
S先輩
タナボタだった?　S先輩

野毛山商店街の夜景。市警から県警になった昭和 30 年ころの都橋交番前。
（警察文化社写真部『神奈川県警察の偉容』警察文化社、昭和 31 年）

Ⅲ・交番の情景

一・職務質問

交番勤務は、「立番、巡回、休憩」の繰り返しが基本だ。その目的は、管内住民の安全を図ることだから犯罪人の検挙が第一の要件となる。だが、その手段である職務質問は、「見えないものを見る」神業的技術が必要なのだ。職務質問ほど「正義感と、やる気」を要求される仕事はない。それは、法律で許される職務質問の要件が現行犯に近い外見がなければできないからだ。道路を通行する多くの人びとを質問し、その中から一つまみの犯罪人を発見するのだから、結局は、多くの善良な人びとをも交えた無差別質問となる。だから「失礼ですが」と声をかけ、所持品等を見せてもらう。当然、いわゆる善良な人の方が多い。そのたびに「失礼しました。」と深ぶかと頭をさげる。職務質問は、一日に何回も謝罪するので、謝罪の連続とも言える。ある魚屋さんは、朝早く市場に買い出しに行く、その都度、竹さんに質問され、「いいかげんに顔を覚えてくれよ」とわが子を諭すように懇願した。竹さんは「普通なら怒られるところだ。」と反省し、その温顔に感謝した。竹さんの職務質問は、所持品に重点をおき、その者の顔を見なかったのだ。それからの竹さんは、顔を見て職務質問をするようになった。ノロマの竹さんは、こんな人達に支えられて警察官生活を始めたのだ。

竹さんの職務質問《しょくむしつもん》は、荷物《にもつ》だけを見《み》て、顔《かお》を見《み》なかったのだ。

午前三時半ごろの伊勢佐木町通り
竹さん
①モシ、モシ、オニモツは、なんですか?
始発電車で市場に行く魚屋さん
②サカナヤだよ! イイカゲンにカオをオボエてくれよッ! コレデ、よんかいめだぜ!
③イヤーッ! ドーモ、シツレイしました。

二・手信号巡査

交番勤務一ヶ月で竹さんは交通巡査を命じられた。戦争中、米軍の横浜大空襲で焼け爛れた信号機の柱があちこちの交差点に立っており、動いている交通信号機は一つもなかった。占領後の米軍は、日本警察官に手信号をさせることで信号機に代えた。手信号の指導は、米軍憲兵中尉と憲兵軍曹が担当し、警察署の道場や近くの中学校の校庭でときどき行われた。その頃はなんでもアメリカ崇拝主義であり、日本警察官がいくら一生懸命手信号をしても、日比谷交差点で行っているMP（米軍憲兵）の手信号ばかり日本の文化人は絶賛し、日本警察官の手信号をケナシ続けた。そのため、職務熱心？な竹さんは、わざわざ東京の日比谷交差点まで見学に行った。たしかにカッコイイ、しなやかに両手を上にあげて、華麗に手まねぎをする。竹さんは一日中、見つめていた。横浜に帰った竹さんは、早速華麗な手信号のマネをした。なぜか街頭の人びとは大笑いをしている。そのうち、本署から交通主任がジープで飛んで来た。米軍憲兵司令部から「桜木町駅前で巡査が踊っているので止めさせろ」と通報があったというのだ。その後の竹さんの手信号から、しなやかと華麗？が消え、なぜか、もとの日本警察官に戻っていた。

日本文化人《にっぽんぶんかじん》が、日比谷交差点《ひびやこうさてん》の米軍《べいぐん》MPのオドリ手信号《てしんごう》をカレイな手信号《てしんごう》とほめちぎったので、竹さんは、日比谷交差点《ひびやこうさてん》に見《み》に行き、MPの基本《きほん》はずれのオドリ手信号《てしんごう》を覚《おぼ》えてしまったのだ。

手信号《てしんごう》の基本《きほん》は、両手《りょうて》をのばしてあげ、ビシッと決《き》める。クネクネとシナヤカであってはいけないのだった。

三．ＭＰ監督命令

　ある日、竹さんは配置巡査部長から、加賀町警察署内にある米軍憲兵司令部勤務を命じられた。任務は、ＭＰジープに同乗して日本人関係事件を処理することだった。拳銃を渡されて直接司令部に出勤し、米軍将校の服装点検を受けたが、拳銃の弾丸を込めていないで、厳しく注意された。「スグ、ウテルヨウニ、シナサイ」、「サキニ、ウタレタラ、ドウシマスカ！」といった調子だ。仕方なしに拳銃に弾丸を込めると、次に、信じられない命令をされた。それは、「ＭＰがパトロールをサボルから、三十分置きに現在地を司令部に報告せよ。」というものだ。つまり、占領軍の憲兵を、占領された国の警察官が監視するという任務なのだ。ところが、この米軍の密命をＭＰが知ってしまった。それは当時の米兵のなかには、日本人の現地妻のいる者がいた。この女性達から日本語を教わり、日本語のわかるＭＰが現在地を生麦と報告しているのに、日本警察官が現在地本牧と報告するのを聞かれてしまったわけだ。あわてたＭＰは、日本警察官抱き込み作戦にでた。おかげで竹さんも、ＰＸ（米軍売店）で、当時日本人の口には絶対に入らないケーキ、ココア、コーヒーなどをご馳走になった。そして「オマワリサン、イマ、ナマムギネ」と言われると本牧にいても「ＯＫ、現在地生麦」と報告し、和気あいあいに勤務した。

竹さんには白人MPの無線電話《むせんでんわ》がベーケンベーケンと聞こえたが、意《い》味《み》不明《ふめい》のチンプンカンプンなのだ？1《ワン》 2《チュウ》 3《ツリー》 5《ファイブ》はジープの番号だ。

黒人MPは、やさしくそして、いつも白人MPより上官だ。

このころは、ヤタラMPの服装《ふくそう》がかわり、それをマネル日本警察官の服《ふく》装《そう》もかわった。

PX-HONMOKU
竹さん
OK！ここは、本牧《ほんもく》だがマッ、イイカ
白人MP
ベーケンベーケンワンチュー！ツリーフファイブナーマムーギ
黒人MP
オマワリサンイマナマムギネーッ！
公衆電話
MILITARY POLIC

四・ＭＰの嫌がらせ

おだやか派のＭＰがいれば、強硬派のＭＰもいた。占領意識の強い一部のＭＰは、嫌がらせをした。米兵の嫌がらせは笑いながらするから、アメリカ人特有の悪ふざけなのか、本気なのかわからないわけだ。あるとき、使っていない死体焼場の扉を開けたＭＰが、「オマワリサン、サヨナラネッ」と言いながら、竹さんの両手、両足をもって、ほうりこもうとした。竹さんは、ただ、「ノウ、ノウ」と言いながら手足をバタつかせて難をのがれたが、冗談か本気かわからなかった。言えることは、自分達の行動を三十分置きに司令部に報告されては、たまったものではない。イマイマしく思っていたにちがいない。

ところで、米軍ＭＰのジープは悪路に強い四輪駆動の戦闘車だから、階段の坂道でもドンドン走る。野毛山の近くに「うさぎ坂」という階段ばかりの坂道がある。ＭＰは、その坂道をアメリカ人特有の奇声を発して高速で走る。ジープはピョン、ピョン跳ね上がる。日本警察官はうしろの座席に乗っているので、ジープが跳ねるたびに屋根に頭をぶっつけるのだ。それを三回程やられるとグロッキーになる。すると、坂の上に待っている別のジープの警察官と交替させてまたやる。竹さんもそれをやられ、ついに頭にきた。早速、上の人にお願いして米軍憲兵司令部勤務をやめて帰らせてもらい、また、都橋の竹さんに戻った。

頭にきた
竹さんは、
ありったけ
のアクタイ
をついた。

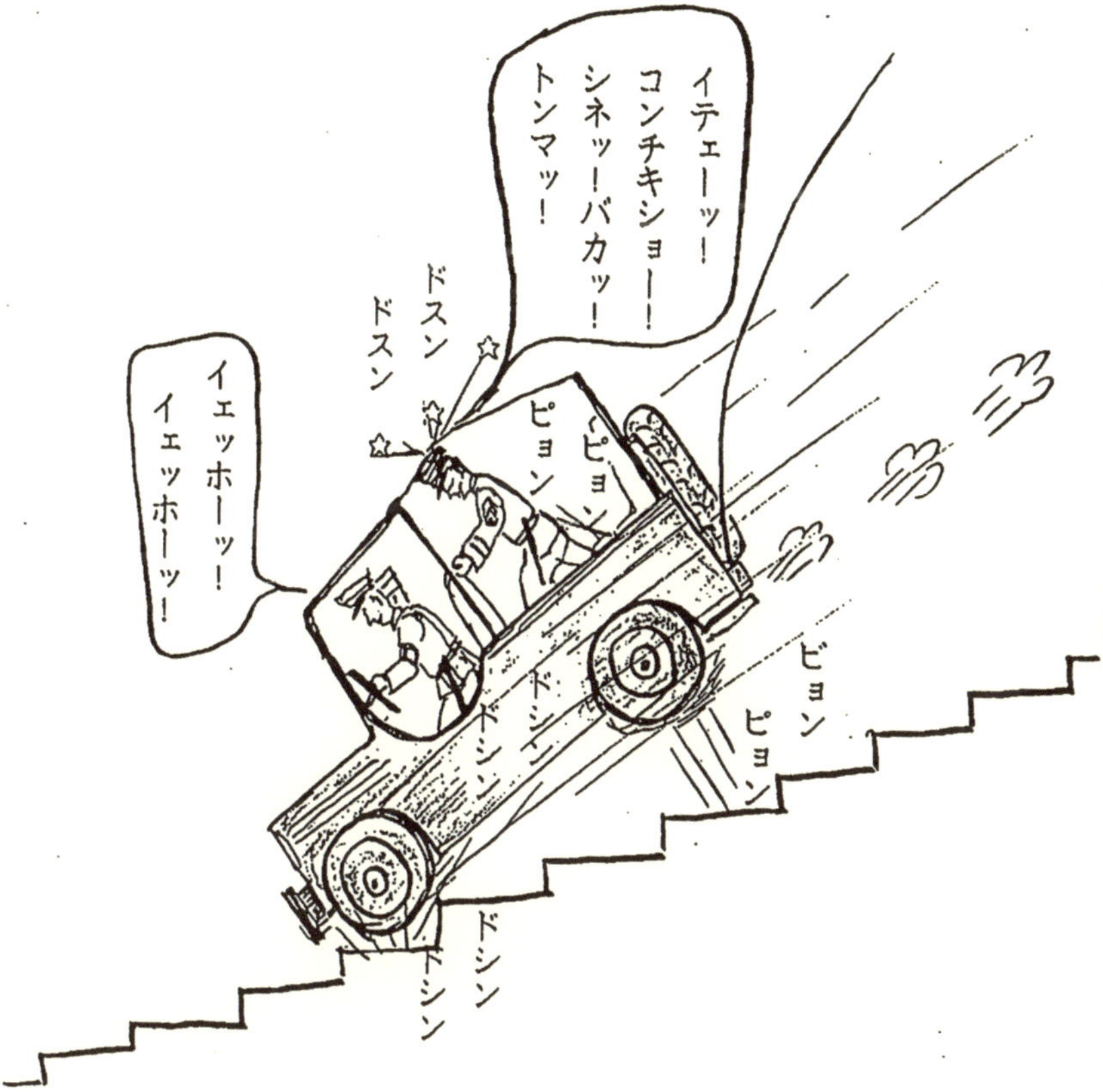

五．マックワーサー元帥のご出勤

米軍占領当時の交通巡査にとって、最も神経を使ったのは、占領軍総司令官マックワーサー元帥のご出勤だった。ヘマをすると、署長までくびになると先輩に教えられ、ピリピリに神経を使った。竹さんの配置されたのは、周囲が米軍キャンプの長者町一丁目の交差点である。大きな十字路で手信号を基本どおりするには楽な交差点だが、市電のレールが十字に交差しているので、四方の交通を停止させるには大変である。それは、自動車と違い市電の場合は、ブレーキをかけてから停止するまでの距離が長いので、かなり遠くに見えたときに停止の合図をして停止させなければならないからだ。竹さんと先輩は、交替で交差点の真ん中に立って手信号をしながら、いつも山元町の方向が見えるような姿勢をとっていた。マックワーサー元帥の宿舎は、根岸の競馬場あたりにあったので、山元町の方向から坂を下りてくる。真っ白に塗ったジープが前後について真ん中の米軍の乗用車にマックワーサー元帥が乗っている。毎朝九時頃だったと思う。山元町の坂に白いジープと綺麗な赤灯が見えると、すぐに四方の交通を止めた。市電が交差点の真ん中にいるときはヒヤヒヤした。

それに長者町一丁目の交差点では、元帥ご一行さまは右折する経路になっているため、右側もきれいにしておかなければならないが、市電の停留場があるので、電車から降りた歩行者の横断に神経を使った。先導するジープは、赤灯を点灯して時速四十キロのノンストップで通過することになっていた。これを止めると大変なことになる。先導のＭＰが交差点のかなり手前でサイレンを鳴らしてくれるのには

現在のJRAウインズあたりにあった「マッカーサー劇場」の前で
お祭りの神輿をつくり記念撮影する宮川町の一世達。昭和24年。（著者提供）

助かった。毎朝、神経を使うのが嫌なら交通係から逃げるしかない。相棒の先輩は昇任試験に合格して、巡査部長になってめでたく逃げたが、新任の竹さんには逃げるすべはなかった。そんな竹さんたち新米巡査を助けたのは、先導のMPのほかに市電の運転手さんがいた。マックワーサー元帥の通過時間を心得ていて、停留所にながく停車して元帥ご一行の通過するのを待ってくれたからである。

六．怪我の功名

酔っ払いと病人の区別は困難だ。両方とも保護の対象だが、病人は病院に連れて行かなければならないのだ。竹さんは、物事を大げさに考える性格なので、結果的に大したことがないと必ず非難される。とくに看護婦さんはキツイ。「こんなの連れてきて馬鹿じゃない?」という調子だ。だが、竹さんは、これを正しいと頑固に思い続けた。ある日、竹さんが巡回中、一目見て風太郎とわかる若者が道路に倒れてうめいていた。道行く人びとは酔っ払いが倒れていると思ってか見向きもしないで通りすぎる。竹さんは、病人かも知れないと持ち前の大げさな判断をして救急車を呼んで警察病院に収容した。竹さんは、そのとき、ただの酔っ払いなら医師や看護婦などに非難されるだろうと内心考えたが、そのときは、そのときで「よかった、よかった」とトボケようと思った。ところが、その若者は腸捻転だったので、緊急手術の結果、一命を取り留めた。病院で身元を確認したところ、家出中だったが、金持ちの家庭の次男だったので探していた家族のもとに帰ることができた。喜んだ家族が署長宛てに礼状と金一封を送ってきたので、竹さんは人命救助で表彰され、当時としては、かなり多い額の金一封を頂いた。いささか調子に乗った竹さんは、その後も大げさ判断を続けた。

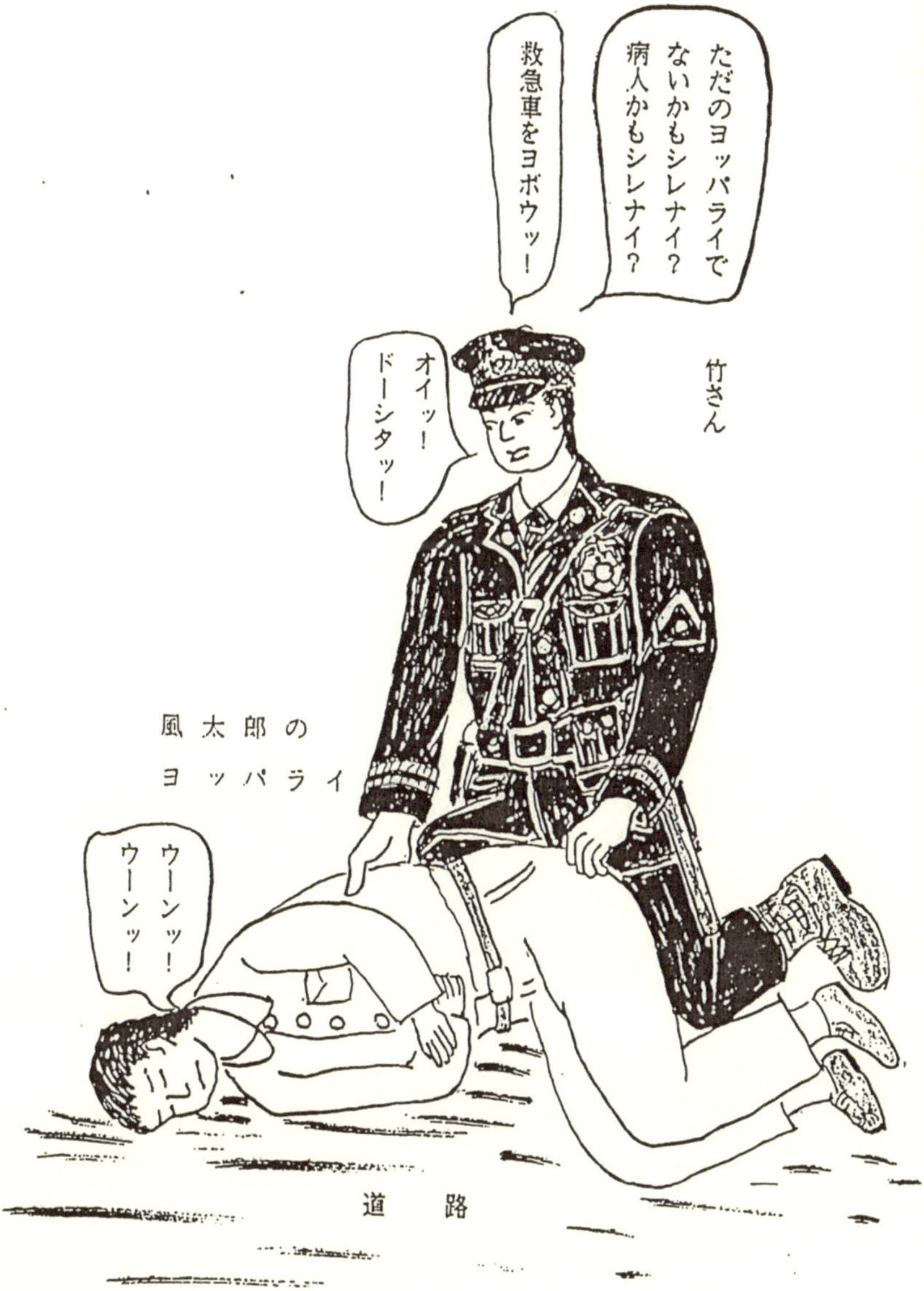
竹さん
ただのヨッパライでないかもシレナイ？病人かもシレナイ？
救急車をヨボウッ！
オイッ！ドーシタッ！
風太郎のヨッパライ
ウーンッ！ウーンッ！
道路

七・なめられた交番

当時の交番には、自転車が一台しかなかった。だが、町の人びとは交番を我が町の交番と考えていたので、町内会から交番名を付けた新品の自転車二台が贈られた。ところがあるとき、その自転車を盗まれてしまった。方面担当の巡査部長に報告したところ、「どの面下げて署長に報告できるか、今日中に捕まえろ。」とカンカンである。竹さんは同僚一名と盗品買い専門の古物屋に行き、そっと物置をのぞいてみた。なんと、交番名の付いた自転車二台が並べて置いてある。竹さん達は、「親父どんな顔をするかな?」と話ながら表にまわり、店の親父に「交番の自転車が盗まれたので売りに来たら知らせてくれよな」と言ったところ、ハイハイと二つ返事で了解した。竹さんは、「この狸親父メ」と思いながら、「ちょっと物置見せてくれよ」と言い、シブる親父に物置の戸を開けさせて盗まれた自転車を確認させてから、「親父あるじゃないか、売りに来た奴を教えるまでは毎日張り込むぞッ!」と一喝したら、親父は渋しぶと泥棒の名前を教えたので、その泥棒を捕まえて取調べたところ、先に一台売りに行ったとき、もう一台あるはずだから、もってこいと言われたと白状した。それにしても交番の自転車を盗まれるとは「なめられた」ものだと複雑な思いで巡査部長に報告すると、「今後気をつけろ」と怒鳴られてしまった。

古《こ》物《ぶつ》屋《や》の 物《もの》置《おき》①
サキニ、モノオキ、ノゾイテみよう。
ソット、ノゾク
ヌスマレタ コウバンの ジテンシャ 二台がならんでいる。
オイッ! アルゾッ!
ミセに まわろうッ! オヤジ、、なんと、いう かなッ!
②
竹さんタチ ①オヤジ! コウバンの ジテンシャが ヌスマレタ! ウリニきたら シラセテくれ!
②オヤジ! モノオキみせて くれないか?
③オヤジ! モノオキにある ジャナイカ! うりにきたヤツ、オシエルまで、まいにち ハリコムぞッ!
コブツやのオトボケ、オヤジ
①ハイ、ハイ、ワカリマシタ。
②ム、ム、ムッ!
※オヤジのヒトリゴト チェッ!まいにち イラレタラ、ショウバイにならない。オシエルしかないか。
③オシエマス! オシエマス!

八．交番のパンツ論争

「お巡りさんは町の裁判官」と言われ、夫婦喧嘩やら犬がうるさいなど日常生活のモメごとは、なんでも交番に持ち込まれる。ある日、巡回から帰った二十歳の巡査が、爺さん婆さんの夫婦喧嘩の仲裁をしてきたが、その原因が馬鹿ばかしいので嫌になったというのだ。「いったい、なんなんだ、それは」と聞いたところ、「まあ聞いてくれよ」と話しだした。巡回中に怒鳴り声が聞こえたので、どうしたのかと、その家に入ると、爺さんが「お巡りさん聞いてくださいよ、うちの婆さんは夜寝るときパンツを履いて寝るんですよ、そんなのありますか」と言い、婆さんは「何言ってんのよ、私だって冷えるからパンツくらい履きますよ」というのが原因だったとのことだ。同勤者一同は、笑いながら「それでお前どうしたんだ」と聞くと、二十歳の巡査は「爺さん、今は時代が変わったんだ。今の女は腰巻なんかしてないよ。みんなパンツ履いて寝るよ、爺さんが悪い。婆さん叩いたりすると暴行罪でショッ引くぞッ！」と一喝して納めてきたとのことだ。それから交番で「夫婦は寝るとき、妻はパンツを脱いで寝るのが常識か」という論争がしばらく続いたが、愚かな論争にたまりかねた交番長に「うるさいぞッ！いいかげんにしろッ！脱がせる楽しみもあるだろうがッ！」と一喝されて、ようやく納まった。

ジイサン
オマワリサン、キイテクダサイヨ、ウチノバアサンは、ネルトキ、パンツハイテ、ネルンですよ、ソンナノありますかッ！
バアサン
ナニイッテンノヨ、ワタシダッテ、ヒエルカラ、パンツ、ハキマスヨッー
ジイサン
ジダイが、かわったんだッー いまのオンナは、みんなパンツはいてる。バアサンたたいたりすると、ボウコウザイでショッピクゾッ！
ハタチのジュンサ
？？？？？？？？？？？？？
？ オンナは、ねるとき、パンツぬぐ ？
？ のが、ジョウシキなんだろか？？？
？？？？？？？？？？？？？？
パンツ、ハイテル
バアサン
オオキナコエダシテドウシタッ！

九．極道と交番

昔の極道は、良民をこまらせることはしなかった。親分の厳しいシツケにより、堅気の衆には手を出さなかった。竹さんの交番の管内には、当時関東一といわれていた大親分がいた。巡回連絡に行くと「交番の旦那方と対等に口を聞ける身分でない。」と言い。応対は常に美女の二号があたり、いわゆる姉さんも顔を出さない。交番にくる若い衆は、犯罪歴のない者が当てられており、どんなことがあっても交番の顔を潰すことは許さないというのが、若い衆に対する厳しいシツケであったようだ。あるとき、竹さんの交番の管轄外の歓楽街で、通称を金という兄貴が酒に酔い、土地の極道と喧嘩となり、その町を管轄する交番の勤務員が数名がかりで制止しても手が付けられない。本署から竹さんの勤務する都橋の交番にジープで迎えが来た。竹さん達が迎えのジープで現場に行くと、身の丈二メートル近い長身の金が上半身裸になり、背中に背負った緋鯉を踊らせて、あたりを睨んでいる。竹さんはジープから降りて「金ッ!、静かにせいッ!」と一喝した。血ばしった酔眼が竹さんの顔をジッと見た。そして、ニコッと寂しそうに笑い、「すみません」と言って静かに連行に応じ、模範囚のオツトメをした。だが、竹さんが金の顔を見るのは、そのときが見納めだった。金はオツトメを終った日に内部抗争の銃弾に若い命を散らしたのだ。

トオマキにして
みまもるヤジウマ
野毛《のげ》のヤクザ
キン
ミヤコバシ、コウバンから
オウエンにカケツケタ
竹さんタチ
キンッ!
しずかにセイッ!
竹さん
アケボノチョウの
ヤクザ

十・台風と交番

テレビがなかった頃は、ラジオが最も早い情報源だ。台風が発生すると、その大きさと進行方向、風速などはラジオで次つぎと報じられる。その頃は、ラジオのない家もあるので、ラジオのある家は近所隣の人びとに台風情報を伝えた。戦争中の空襲で家を失った人びとは、仮に作った急拵えの粗末な小屋に住んで居たため、強風で家を飛ばされないように家の補強に大わらわとなる。長い間の戦争で働き盛りの男手を失った家もかなりあった。台風警備も警察の仕事であるため台風情報と警備上の指示は、本署から交番に頻繁に伝えられる。交番勤務員は、ゴム合羽とゴム長靴を履いて巡回し、大声で台風情報を伝えて歩き、補強の弱い家には補強を指導し、男手のない家には手を貸してやる。崩れそうな崖下の家は特に平素から把握しておき、緊急時には漏らさず巡回をした。台風時の巡回中に老婆と二人の女の子ばかりで家の補強ができず、飛ばされそうな家の扉を三人で押さえて震えている一家を見て補強してやり、竹さんは、永く感謝された。台風が通過すると、被害状況を把握して本署に報告しなければならない。台風時の野毛の住人は、こうしてズブ濡れで一睡もせず、力をあわせて強風豪雨のなかで、ただ夢中で過ごした。

①
バラックだから、板《いた》のトビラのトメガネがツヨイ風《かぜ》でコワレタので、オバアチャンと、ムスメふたりの三人《さんにん》でガタガタふるえながら、ヒッシでトビラをおさえていた。
ツヨイ風《かぜ》
雨戸《あまど》
雨戸《あまど》
オネエチャン ガタガタ
イモウト ガタガタ
オバアチャン ガタガタ
ソトビラキの板戸《いたど》の扉《とびら》
竹さん
コレヂャー ホットケ ナイッ!
②
家の中からキコエル、よろこびのコエ
ドウモ アリガトウ ゴザイマス
トン トン トン
コレデヨシッ! アトデ、ハズシニキマス
竹さん

十一・幸運の不発弾

戦災で焼けた教会を壊して、金属製の物を盗んでいる者がいるとの届出を受けた竹さんは、一人で現場に駆け付けた。現場には、二十歳前後の若者が四人程いた。竹さんを見るなりコンクリートの塊や鉄棒、鉄パイプ、石の塊を竹さんめがけて投げ始めたので一歩も近付けない。竹さんは、身の危険を感じ、不覚にも逆上してしまった。遂に拳銃を抜いて、「抵抗すると撃つぞッ！」と数回叫んだが、泥棒は、セセラ笑って「撃てるもんかッ！、撃てるもんなら撃ってみろッ！」と叫び、止めようとしない。竹さんの怒りは頂点に達し、泥棒に向けて拳銃の引金を引いた。だが、弾丸が出ない。何回か引いたがやはり出ない。そのうち、急を聞いて駆け付けた同僚が泥棒の後ろにまわり、検挙した。交番に帰った竹さんは、拳銃の弾丸を抜いて点検したところ、なぜか薬莢から弾丸がポロリと外れた。竹さんが、「アレーッ！」とスットンキョウな声をあげたので同僚が寄ってきた。薬莢を逆さにしてみると中に火薬が入っていないのだ。拳銃は、旧日本軍の自動拳銃のため、弾丸も古く、そんな弾丸があっても不思議はない。それに、竹さんが怒りで舞い上がってしまい自動拳銃の遊底を引くのを忘れたのも幸いした。実に幸運の不発弾だった。人を撃たないですんだのだから。

ヘッ！ヘッ！ヘッ！ウテルモンカッ！
テツパイプ
レンガ
イシ
イシ
フハツのトキはユウテイをもうイチドひくとタマがデルことをワスレテいた？
テツパイプ
イシ
ユウテイ
カチッ！カチッ！カチッ！
テイコウするとウツゾッ！
ヒキガネひいたがタマがデナイッ！
イシ
テツパイプ
イシ

十二・桜木町駅の電車火災事件

休憩中の竹さんは、都橋交番横の二階にある美容室でダベッていた。突然、下の道路が騒がしくなり、交番にいた同僚が飛び出した。「桜木町駅で電車が燃えている」の声に竹さんも桜木町駅に駆け付けた。ホームから百メートル程横浜寄りに停止した電車の一両目から黒煙と炎が出ている。竹さんは、このまま電車に入るのは自殺行為だと思い。ゴム長靴と外套を取りに引き返そうとしたとき、「コラッ！どこへ行くッ！」と一喝された。振り向くと南方戦線生残りの先輩が、靴下を脱ぎ、制服の袖とズボンの裾をまくり、真っ赤な顔をして立っている。「みんな電車の中にいるぞッ！こんな格好して電車に入れッ！早くしろッ！」前線経験のない竹さんは、夢中で同じ服装になって車内に入った。すでに数名の同僚が、次席警部の指揮により、車内で折り重なった死体を次つぎと運び出している。白骨化した死体、一部白骨化した死体、母親と二人の子供が焼き付いて離れない死体、折り重なった下におり、どこも焼けていないセーラー服姿の桜色した美少女の頭だけ白骨となっている死体、その惨状に竹さんは、息をのみ涙の流れるにまかせ、顔をクシャクシャにして黙りこくって死体を運んだ。被害者百名を超える大事件だった。昭和二十六年四月二十四日午後一時頃のことである。

コラッ！

ドコヘイクッ！

ミンナ、デンシャのナカにイルゾッ！

クツシタぬいでズボンとソデをまくってデンシャにハイレッ！

ハヤクシロッ！

もうデンシャのナカにジセキ、ケイプとイセザキショインのオオクがハイッテいるのを竹さんはシラナカッタ。

ショウボウ
ゲッ！

ゴムナガとガイトウがヒツヨウダッ！

十三・幽霊に危害を加えなくてよかった話

ある夏の日、竹さんは石川町を管轄する亀の橋交番の応援勤務を命じられた。亀の橋の交番の管内にある蓮光寺の墓の脇の坂道に幽霊が出るとの噂があった。竹さんは嫌だったが命令では仕方がない。竹さんは、亀の橋交番に行った。交番長の先輩は、ひょうひょうとしたオドケ者だった。「都橋の若い衆、ご苦労さん。」と言って迎えてくれた。石川町は静かな町だった。喧嘩に明け暮れる野毛の町とは大違いだ。暑い昼の勤務が終わり、夜間勤務に入った。竹さんは交番長に、「巡回に行きます。」と報告すると、交番長は、「蓮光寺の墓の脇の坂道で、白髪の婆さんが現れてニタッと笑って「コンバンワ」と言ったら、絶対に何も言わずに逃げて来い。「コンバンワ」と言うと抱き付かれるぞ」と言った。竹さんは、ゾーッとしたが巡回には行かなければならない。左手に懐中電灯、右手は拳銃を握ってビク付きながらその道を通ったが何も出ない。ようやく勤務が明けて本署に帰り、同僚にそのことを話すと、同僚は腹をかかえて笑い、「お前もヤラレタか、あのおやじ、新任が行くと必ずカラカウんだ。」、「あれは近所のボケ婆さんが、夜になると出歩くんで幽霊じゃないが、幽霊そっくりなんだ。」と教えてくれた。竹さんは、出なくてよかった。出たら拳銃で撃ち殺したかも知れないと思い、またゾーッとした。

①
ゾーッ…
②
アッハッハッ!
オマエもカラカワレたか
あのオヤジにミンナがカラカワレルんだ。
あれはキンジョのボケバアサンがヨルになるとデアルクんだよ。だが、ユウレイそっくりなんだ。
ナーンだ、ソウカーッ!
でも、デナクテよかったよ。デタラ、ピストル、ウッタかもしれない。クワバラクワバラ
ゾーッ…

十四・サボリ防止の点数制度

世に「点数稼ぎ」という言葉がある。出世欲の強い者をノノシル言葉のようだが、警察の出世はペーパーテストで決まることになっている。ただし、人は誰でも遊んでいて給料が貰えれば仕事はしない。警察官だって例外ではない。いつもニコニコお散歩巡回をしていれば、町の人びとの評判もいいだろう。それでいいなら好きこのんで頭を下げて、嫌われ怒られながら職務質問なんかするやつは馬鹿というものだ。だが、事件があっても役に立たなかったら、税金泥棒と毒づかれる。そこで考え出されたのが点数制度だ。まず、月初めに一人百点が与えられる。泥棒十点、強盗二十点というように犯罪別に点数が決められていて、自分の責任区域で泥棒の被害が一件あると十点減らされる。しかし、泥棒を一人つかまえると十点貰えるので点数は百点に戻るが、責任区域の減点十点はその事件の犯人を自分でつかまえないかぎり戻らない。自分の責任区域を守るには、必死で巡回して被害がないように努力し、あったら自分で犯人をつかまえなければならないわけだ。竹さんは、巡査泣かせの点数制度を、警察官が「ネズミを捕らない猫」にならないようにするための制度だと考えていた。

きほんてん１００てん

どろぼうヒガイ１けんあれば

１０てんヒカレルのだ

ウケモチくいきで、
どろぼうに
はいられると
ジブンでつかまえ
なければ、
テンスウは、
もどらないのだ。
はいられないように
するには、ネテなんか
いられない。
おかげでヒバンには、
シンダようにネタので
ヒルメシは、なかった。
メがさめたときは、
ユウガタだったからだ。
まいつきナンカイも
どろぼうにはいられると
キュウリョウがあがらない
というわけだ。

十五・ヤクザもあきれたオッカナイ刑事

戦後の野毛の闇市を肩をいからせて早足で歩きまわる小男がいた。なぜか、いつもペテン帽*をかぶっている。この男こそヤクザ仲間で恐れられていた伊勢佐木署の「ペテン帽刑事」なのだ。彼は、旧海軍飛行予科練習生の生き残りだ。多くの友を戦争で失い、死におくれたいわゆる予科練くずれの命知らずで、拳銃を撃つのをためらわないので、ヤクザもあきれていたわけだ。人に向かって一度も銃口を向けないで定年をむかえる日本の警察官が多い中で、彼は二十四回も撃ったということだ。ある日、竹さんは、ヤクザの大親分のオジキの家で、その女房＝姉さんが苦労話を聞かせてくれたことがある。竹さんはオジキの女房を「奥さん」と呼んでいた。それが嬉しかったのかも知れない。話がペテン帽刑事の話になると奥さんは「あいつには、絶対にさからうでない」と若い衆に厳しく言い聞かせているとのことだ。竹さんが「なぜですか」と聞くと、「気に入らないと、すぐピストルを出して頭に突き付ける」というのだ。発砲実績を考えると、さすがの無法者も、じっとしている他はない。ヤクザもあきれたオッカナイ刑事の検挙成績は抜群だったが、古物屋でも質屋でもすこぶる評判が悪かった。だが、竹さんはいつもその悪評を聞き流していた。だが、忘れられない事件がその後に起こった。

*ペテン帽：頭頂部がお盆のように凹んでいる帽子で、正式の名前はソフトハット。てっぺん→ぺってん→ペテン帽。戦中の愚連隊たちは、支給品の戦闘帽や工員帽の頭頂を凹ませて格好をつけていた。彼等は、この愚連隊の代名詞のような帽子をペテン帽と言っていた。ペテン帽刑事という名称には、そうしたイメージも重なる。

ケイサツ
ナメンナヨッー
ウーーーッ
ミカンチだッ
ガマン、ガマン

十六．日本人とアメリカ人の違い

竹さんが、風呂屋の脱衣場から着物を盗んだという泥棒を交番で質問していると、ペテン帽刑事が入って来て「オイッ！そいつは俺にまかせろ」と言う。竹さんは、専門家にわたすのがよいと思い引継いで、巡回連絡に行こうとして交番の外に出たとき、交番の休憩室でガチャンとガラスの割れる音がし、大岡川でドボンという水音がした。竹さんは、なんだと思って振り返ったとき、ペテン帽刑事が飛び出してきて都橋の上に立ち、拳銃を抜いた。「上がって来いッ！来ないと撃つぞッ！」と三回叫んだ。泥棒は必死で泳いでいて上がる様子はない。パン、パン、パン、ペテン帽刑事の銃口が火を吹いた。たちまち対岸の米軍キャンプの塀に米兵のヤジウマが集まり、都橋にも日本人のヤジウマが集まった。泥棒は水中に潜り、なかなか出てこない。逃げたと思った日本人ヤジウマから歓声があがった。「逃げられた。ポリ公、ザマァミロッ！」と叫ぶ者もいる。米兵のヤジウマは沈黙している。そのうち数名のヤクザが小船を出して竿で水中をかきまわしたところ、グッタリした泥棒が浮かんできた。そのとき米兵のヤジウマから歓声があがった。「アメリカでは当然の職務行為なのか？」。幸いなことに、弾丸はあたっていなかった。

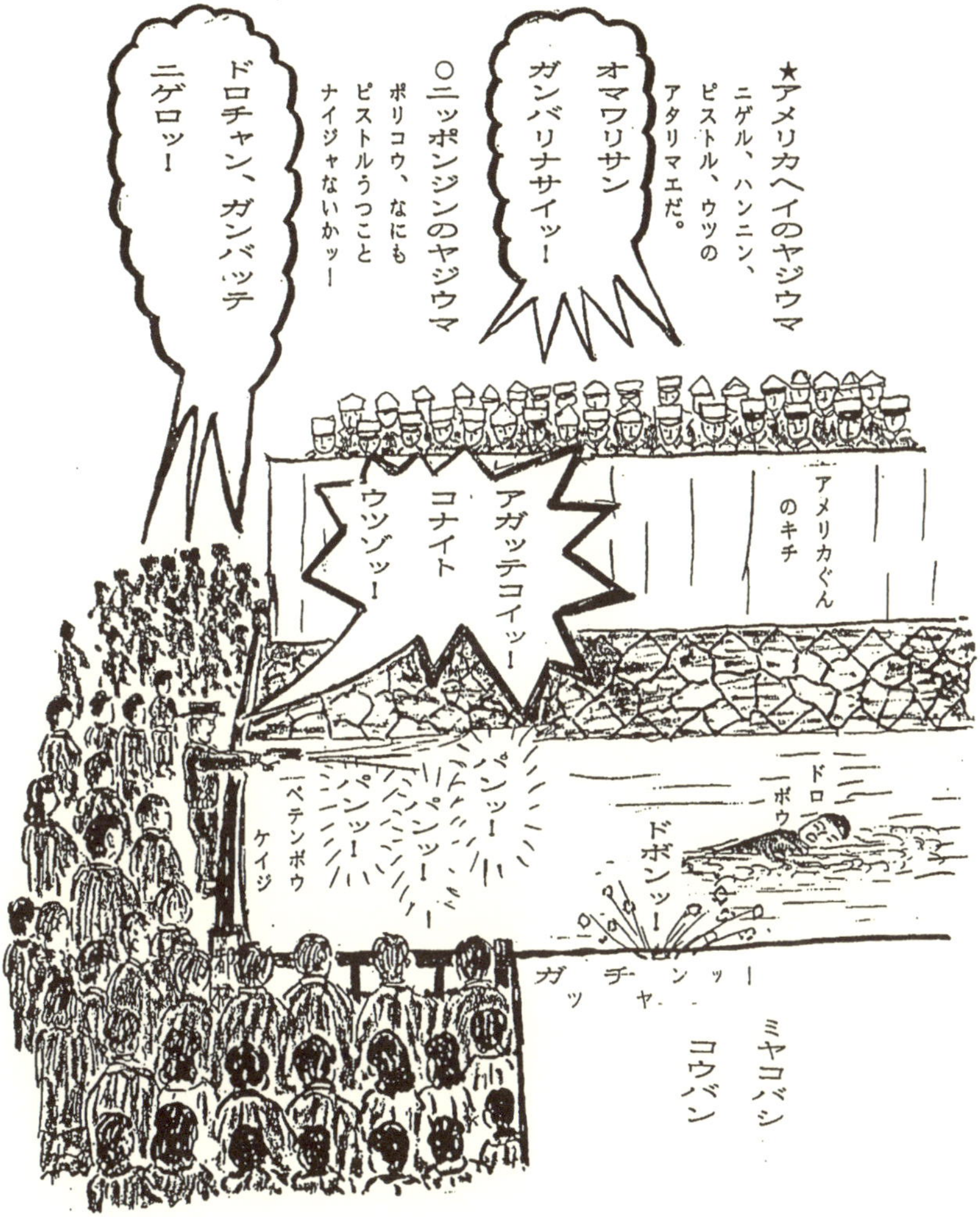
★アメリカヘイのヤジウマ
ニゲル、ハンニン、
ピストル、ウツの
アタリマエだ。
オマワリサン
ガンバリナサイッ！
○ニッポンジンのヤジウマ
ポリコウ、なにも
ピストルうつこと
ナイジャないかッ！
ドロチャン、ガンバッテ
ニゲロッ！
アメリカぐんのキチ
アガッテコイッ！
コナイト
ウツゾッ！
ドロボウ
ドボンッ！
パンッ！
パンッ！
パンッ！
ペテンボウ
ケイジ
ガッチャンッ！
ミヤコバシ
コウバン

十七．美女の死体は生きていた

クリスマスの早朝、「伊勢山皇大神宮の裏参道で若い女が死んでいる」と届出があった。管轄違いだが、死んでいるというのでは一大事だ。竹さんは、本署に報告して同僚四人と現場に駆けつけたところ、皇大神宮の裏参道の階段に真っ白いドレスを着た美女が両足を開き、仰向けに倒れている。竹さん達は女性には手を触れず、現場を立入禁止にして管轄署員の到着を待った。間もなく管轄署の当直主任が刑事、鑑識などの殺人事件対応のスタッフを連れて到着した。竹さん達は、「ご苦労さんです。」と業界用語の挨拶をして引継いだ。当直主任の警部補は、「ヤラレテないか。」と言ってドレスの裾をめくって覗き込み、「ノウパンだ。」と言ったとき、なんと、美女の股間はシュウッと高く潮を吹きあげ、警部補の顔はビショ濡れになった。警部補は、「ヒャーッ、生きてるじゃネェか。ションベンかけられた。」と言って、手袋をした両手で顔を拭いた。竹さん達はクックッと必死で笑いをこらえ、現場を離れた途端、堰を切ったように爆笑した。それにしても気の毒だったのは管轄署員だ。おかしくても笑えず、死ぬ思いで笑いをこらえただろう。美女は米軍のクリスマス・パーティで泥酔した近所に住む夜の女だったが、死体に見えたのが幸運だったわけだ。もし、ほっとかれたなら本物の死体になり潮も吹けなかっただろう。

ワライをコラエル竹さんタチ伊《い》勢《せ》佐《ざ》木《き》署《しょ》員《いん》
クッ！
クッ！
クッ！
クッ！
クッ！
ヤラレテナイカッ！ノウパンダッ！
ヒャーッ！イキテルジャネェカーッ！ションベンカケラレタッ！
オトナリ警察署《けいさつしょ》の当直主任《とうちょくしゅにん》の警部補《けいぶほ》
シューッ！
オカシクテモワラエナイオトナリノ署員《しょいん》
ケイジ
ケイジ
カンシキ

十八・交番勤務とピアノの名曲

交番勤務で一番大変なのは立番勤務だ。交番の前に立ち、一時間警戒するのだが、交番の前を中心として半径十五メートル、左右三十メートルが移動できる行動範囲だ。それは、交番の電話が聞こえる範囲を基準に考えられたということだった。特に深夜になると人通りもなくなり、退屈この上ない。一時間が三時間位に感じる。喧嘩に明け暮れる都橋の交番も夜十一時頃になると、さすがに静かになる。竹さんの立番勤務は、その時間が多い。その時間になると、交番のはす向かいの「お茶の葉」を売って居る醍醐園という店のK子ちゃんがピアノの練習を始める。K子ちゃんは高等女学校に通っている娘さんだ。夏の夜は、彼女のシルエットが窓に写る。「ピコピコピコピコ、ピコポン…、ピコポン…、ピコポン…、」いつも同じ曲だ。音楽などには縁のない竹さんだが、四季の風にのって流れてくるピアノの曲を聞いていると、厳しく長い立番勤務もかなり短く感じた。立番勤務の次は巡回勤務だ。「巡回に行きます。」、「ご苦労さんです。」という交番の引継ぎの声が聞こえると、K子ちゃんのピアノの練習も終った。竹さんが、その曲が著名な名曲「エリーゼのために」であったことを知るのは、それから七年もあとのことだ。

ピコポンン ン……
ピコピコピコ
ピコポンン ン……
ピコポンン ン……
ピコポンン ン……
ピコピコピコ
ピコポンン ン……
ピコポンン ン……
ピコポンン ン……
ピコピコピコ

十九・彼女という女

昭和二十四年頃、冬の野毛の町を豪華な毛皮のオーバー・コートを着て歩く女性がいた。あるときは米兵と腕を組み、あるときは日本人紳士?と腕を組んで歩いてくる。大変な美女だが名前を知る者は誰もいない。竹さん達は「彼女」と言っていた。口の悪い同僚は「あのコートの下に何か着ているかな?」と言ったが、合理的に考える向きには疑問だったのだろうか? 彼女は客のないときは一人で町を歩いている。そんなときは「こんばんわッ」と言って交番に立ち寄った。どう見てもインテリに見える。当時の夜の女にはインテリ女性がかなりいた。あるとき、竹さんの知り合いのハンサムな若者が交番の前で彼女と話している。「あいつもやるぢゃねェかッ!」と先輩が言った。そのうち彼女と別れた若者が交番に入ってきて、「相談がある」という。休憩室で話を聞いたところ、「彼女に、あなたの子供ができたから、結婚してくれと迫られたけどキッスしただけで子供ができるものでしょうか?」というのだ。竹さんと先輩は「お前、キッスだけじゃないだろうッ!」と一喝してみたが、若者は絶対にキッスだけしかしていないというのだ。竹さん達は、おかしさをこらえて、子供のできるメカニズムを懇切丁寧?に教えたので、彼女の夢を壊してしまった。

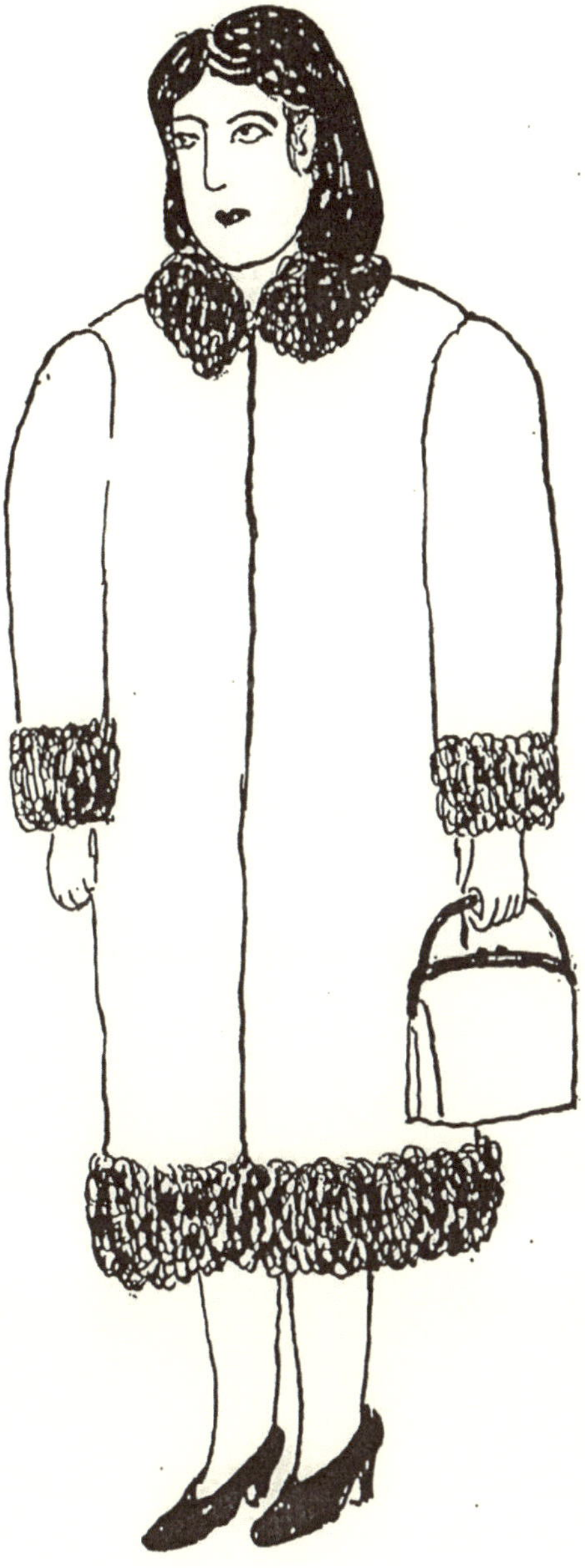

マフユのカノジョは、いつもゼイタクなオーバーコートをきていた。
「あのシタに、なにかキテイルかな?」というのが、みんなのギモンだった。

二十．ダンスと間違われた柔道

ノロマの竹さんは柔道が苦手だ。体が大きいほうだったので、柔道の助教は、道場で面白がって竹さんを引きずり出し、コテンパンに投げ飛ばした。竹さんが頭にきて力一杯突っ張っても助教得意の体落としは避けられなかった。ある日、本部教養課の師範が巡回指導にやってきた。師範は竹さんの柔道を見て、技としては効いているがホンの少しのところで逃げられるといい、技を掛ける体勢を作る「作り」という基本を教えてくれた。当時の警察柔道は、技は体で覚えろという方式で、根性を鍛えることに重点を置いていたようだ。だから、竹さんは理論的な師範の指導に敬服した。そして、退屈きわまる深夜の立番勤務のときは柔道の「作り」の練習をした。左手で相手の右袖をもったつもり、右手で相手の左襟をもったつもりで、体を動かし、まわりこんで投げの体勢を作る練習に余念がなかった。ところが、それを交番の裏にある官報販売所の奥様が見ていたのだ。朝になると奥様がニコニコしながら、「ダンスの練習をしていましたねッ」と言った。竹さんはア然とした。竹さんの柔道の練習が奥様には、クイック、クイック、スロー、スローに見えたらしい。例え錯覚でも、いつもと違う優しい一面を感じたに違いない。竹さんは奥様をガッカリさせたくないので、「イヤーッ、見られましたか。」と言って頭をかいた。

竹《たけ》さん
アレッ？
イヤーッ
みられましたかッ
奥様《おくさま》
ダンスの
れんしゅう
していましたネッ

二十一・隠語と符丁と業界用語

隠語や符丁は、仲間同士の暗号のようなもので、他人に知られたくない秘密の言葉と言ってよい。業界用語は仲間同士で使っている言葉で秘密性はないように思えるが、一般には通用しない言葉のようだ。竹さん達は警察学校で教わった隠語は、「反転隠語」と「形状隠語」に分けて教えられた。符丁は反転隠語で「チョウフ」、懐中時計は形状隠語で「マンジュウ」と言うと教わった。交番を「箱」というのも形状隠語だろうが、警察で「箱」というのは疑問だった。警察の挨拶に「ご苦労さんです。」があるが、これをヤクザも使うので、どちらが本家かわからない。警察官をマッポウというのは竹さんも知らなかった。刑事をデカというのも多分一般化した符丁だろう。警察では刑事をデカとは言わない。刑事は刑事と言う。部長刑事をデカチョウと言うのが一般化しているようだが、竹さんの時代の警察では「部屋長」といった。それは刑事室だけは畳が敷いてあり、座り机が置いてあって「室」と言わず、「部屋」と言っていたからだ。でも正式には「○○部長さん」と呼ばなければならなかった。戦前の警察は「殿」を付けたが、戦後の警察では「さん」を付けた。署長さん、部長さんと、身分に関係なく「さん付け?」で呼んだ。「箱長」は「交番の長」で正式には「受持区長」だが、みんな「ハコチョウ」と言っていたわけだ。

ハコチョウは、
「受持区長《ウケモチクチョウ》」と
よばなければ
ならなかった
ようだが、
ハコチョウが
「受持区長《ウケモチクチョウ》」の
辞令《ジレイ》をもらって
いることを
竹さんは
しらなかった。
ハコチョウは、
ミギウデに
ちいさなキン
いろのヤマガタ
をつけていた。

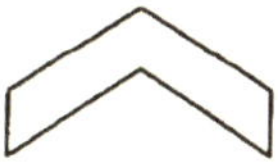

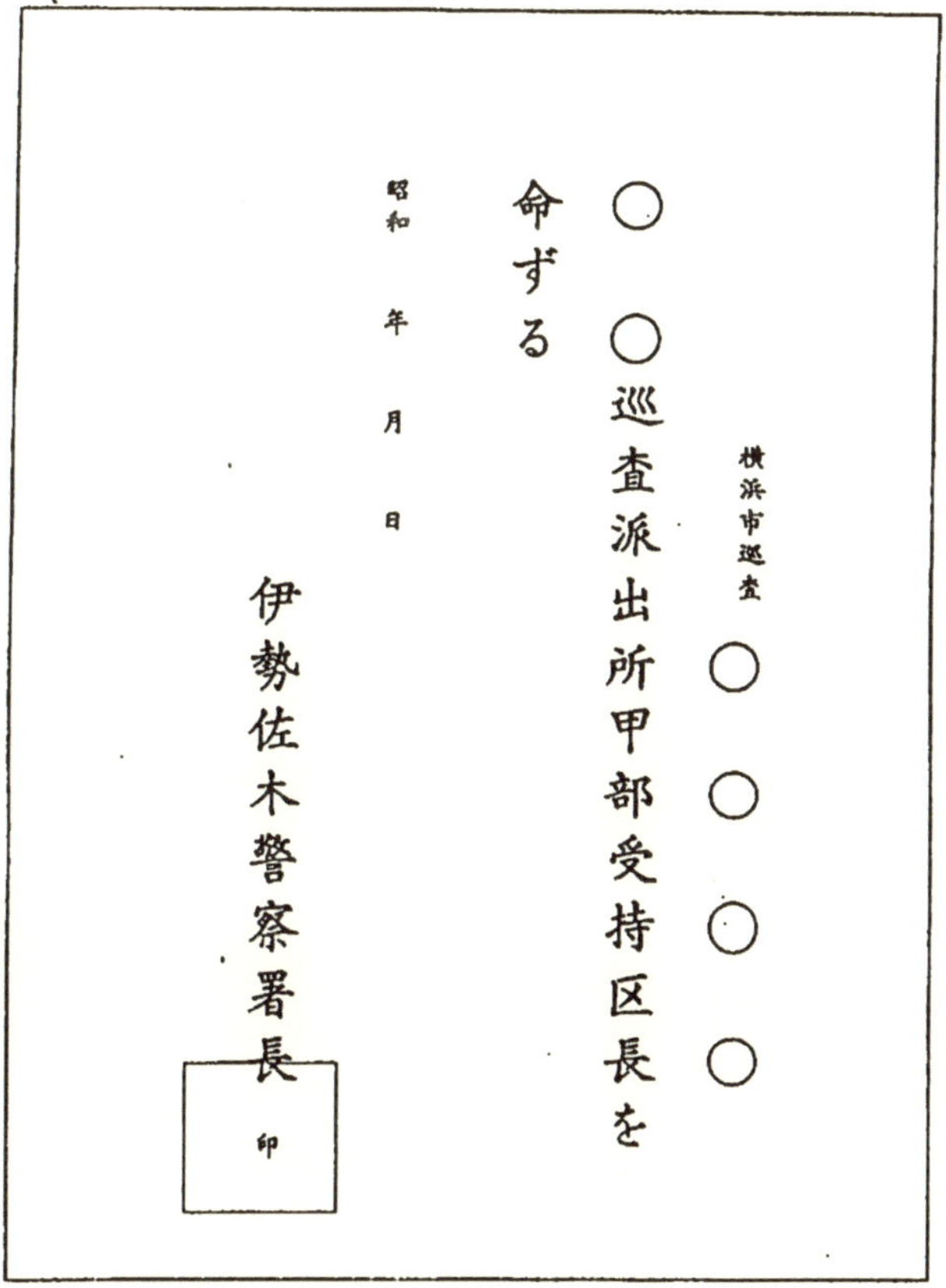
横浜市巡査 ○○○○

○○巡査派出所甲部受持区長を

命ずる

昭和　年　月　日

伊勢佐木警察署長 印

二十二．留置人に教えられた手錠外しの裏技

竹さん達の時代は、配置部長と言われていた巡査部長の指示により、交番から引きあげられてなんでもやらされる。留置人を検察庁に連れて行く押送勤務は交番勤務員の仕事だ。押送中に逃げられると、すぐに免職になる時代なので油断できない最も嫌な仕事だった。また、当時は自動車が二台しかないので近場の押送は歩いて行った。自分で買った手錠を留置人に掛け、手錠に捕縄を付け、ハンカチで手錠を隠し、捕縄を自分の手に巻き付けて被疑者に密着するようにして検察庁に連れて行く。検察庁では一旦検察庁の留置場に入れて検事の取調べを待つのだが、留置場の中では手錠を外すことになっている。ある日、竹さんは泥棒の被疑者を押送して検察庁に行き、留置場に入れた後で、手錠を外すのを忘れたことに気付いた。急いで看守に話して留置室に入り「ゴメン、ゴメン」と言って手錠を外そうとしたとき、被疑者は笑いながら「これですか」と言って、竹さんの手錠に捕縄をキレイに巻き付けたものを差し出した。「アラーッ！」竹さんが驚いて目を見張ったので、同室の留置人がドッと笑った。竹さんが、「どんなふうに外したのか教えてくれよッ」と言ったところ、年季の入った坊主頭が「こうするんですよッ」と言って手錠外しの裏技を教えてくれた。それからの竹さんは、手錠と合わせて腰縄をつけることにした。

①
ゴメン ゴメン テジョウ はずすの わすれた
②
コレデスかッ
アリャーッ? どうやって はずしたんだッ? オシエテくれよッ!
③
アリャーッ! テジョウ だけぢゃ ダメだッ!
こうして はずす んですよッ

二十三．交番にくるラーメンの注文電話

竹さんが、交番にいると、リーンと電話がなった。受話器を取ると本署の交換手だ。「野毛一古物屋から、ラーメン一丁と電話があった」という。これは泥棒品を売りに来ているという暗号で、一丁は一人、二丁は二人という意味だ。これは電話交換手と交番勤務員は全員巡査部長から教えられていた。竹さんは私服になって、野毛一古物屋に行くと、一人の男が衣類を売りに来ていた。「コンチワーッ」と竹さんが入っていくと、「今日はなんですか?」と店の主人はトボケた。「前を通ったから寄ってみた」と竹さんが言うと、「まあ、お茶でも一杯」と言う。「こんなにいい品売るのかね?」と、竹さんは男に声を掛けた。男は竹さんの顔を見るなり、警察と直感したのか、サッと逃げようとした。竹さんは、咄嗟に男の服の左袖口に左手の指を突っ込み、グイとねじった。これは、ノロマの竹さんが逃げられ体験で考案した技?だ。手首を掴むと簡単に振り放されるし、襟を掴むと上着を脱いで逃げられる。だが、袖口を絞られるとそれができないので効果的なのだ。それから交番に連れてきて質問を始めた。古物屋から連絡があったことは、絶対にさとられてはならない。品物を確認した上、演技で品触れという手配書を確認する。古物屋や質屋にも品触れはあるので、手配品を売りに来た者は、店で確認済みなのだから、さとられないための演技をしたわけだ。　まもなく本署から、S巡査と刑事がジープでやって来たので、竹さんは、交番勤務をS巡査と交替して刑事と一緒に男を本署に連れて行き、幹部に引き渡した。それから一通りの取調べが終わり、必要な書類を書き終るまでは、交番には戻れない。　非番の朝など

ワタシにラーメン一丁たのんでください。
シナブレひんだ。
ハァイ〇〇コブツヤですがラーメン一丁ねがいます。
OKッー
スグイキマース
本署の電話室
〇〇コブツヤラーメン一丁

に、泥棒を捕まえると、お昼過ぎまで寮に帰れないことは、珍しいことではなかった。ところが、東京で盗んで横浜へ売りに来る泥棒は朝方に多いから、最も疲れている勤務明けの書類整理の時間とか、立番勤務のときは電話が鳴るのが怖かった。

しかし、そんな泥棒は、眠気を一度に吹き飛ばすような、いわゆる職人の大泥棒が多いので、それがせめてもの救いだった。腹が減ってたまらない時代の署長賞や警察本部長賞の金一封は、嬉しかった。結構うまいものが、腹いっぱいに食えたからである。

人集めに来るクルマを待つ野毛の風太郎の面々。昭和 25 年。
（警察文化社写真部『神奈川県警察の偉容』警察文化社、昭和 31 年）

二十四. 紙ヨリ作り

喧嘩に明け暮れる交番にも、静かなひとときが訪れるときもある。「今日は、ヤケに静かぢゃねェか?」と、誰かが言った。「まあノンビリしようか」と、誰かが答えた。すると、「お前達に大事な仕事がある」と、箱長が言い、机の引き出しから古ぼけた薄い紙を取り出して横長に何回か折りたたみ、一センチ位の幅に鋏で切り始めた。紙を切り終った箱長は、それをのばして、右手の人差し指と親指を、ペロリとなめた。竹さん達はア然として、箱長の指先を見つめた。箱長は、テープ状に切った紙の先を、なめた右手の人差し指と親指で器用に丸めて、左手の人差し指と親指を同時に使って一本の細くて長い紙ヨリを作った。当時の公文書をとじるときは、必ず紙ヨリでとじなければならない。箱長の机の中には、いつも封筒に入れた紙ヨリが入っていた。人知れず、箱長が作っていたのだろう。先輩から後輩に紙ヨリ作りを教えていくのも、箱長の仕事だったわけだ。「なんてことない」と竹さんは思ったが、なんと、これが大変むずかしい。竹さん達が作った紙ヨリは太くて短く、使いものにならない。何回か作り直すうちに、なぜか、あごが、ガクガクと動くようになっていたあごが、動くようになると、不思議に使えるものができるようになった。その後、町が静かなときのみやこ　都橋の交番は、竹さん達が、あごをガクガクさせながら紙ヨリを作って、「俺の方が長い」「いやァ、俺の方が長い」と紙ヨリ作り競技会?をやっていた。竹さん達が幸せを感じるひとときだった。

カミヨリをつくるときはフシギにアゴがうごきクチがまがるのだ。

二十五．股火鉢

竹さん達の交番にはストーブがあったが、配置人員の少ない交番にはストーブがなく、大きな鉄製の火鉢が置いてあって、炭火で暖をとっていた。だが、木炭もふんだんに使えるわけではないので、少なめに使うしかない。そんな交番は、静かな町の交番なので人目は少ない。夜ともなれば、火鉢のそばに椅子を持って行き、両足を開いて股の間に火鉢を入れて暖をとる。これを「股火鉢」と言った。立番をサボってやっているのを幹部に見つかると大目玉を食うことになる。しかし、当時の交番勤務は生活の知恵？　でネットワークが張られていた。幹部が巡視に行くといって本署を出ると、署在勤務の同僚から、空襲警報？　の電話がある。電話が鳴ると股火鉢君は立ち上がって電話をとるので、股火鉢の姿勢は解消する。だが、情報は本署に近い交番から先に伝えられ、その交番から次つぎと電話で伝えられるので、遠い交番には最後に伝えられることになる。幹部も、巡査の時代に体験しているので、ネットワークの裏をかき、遠い交番に直行するときがある。そんなとき股火鉢を見つかると「しっかりせい！」と一喝される。ある先輩は、ズボンの股を焦がしてしまい。茶色に変色した部分をインクで染めたと言って笑った。別の先輩は、火鉢で餅を焼いていて始末書をとられたそうだ。交番は、いつも臨戦態勢だから、強盗事件の届出でもあったとき、餅の始末なんかしていると、おくれを取ってしまうからだ。ノロマの竹さんは、そんな呑気な交番に勤めてみたかった。

ユダンすると
ズボンをこがす
マタヒバチ

寿署屋上より臨む駐留軍施設
（警察文化社写真部『神奈川県警察の偉容』警察文化社、昭和 31 年）

日雇い労務者の簡易宿泊所（寿署）「（警察文化社写真部『神奈川県警察の偉容』警察文化社、昭和31年）

Ⅳ・まちの人びと

一・赤いチョッキの喫茶店のマスター

日本茶しか飲んだことのない田舎者の竹さんは、喫茶店に入りコーヒーを飲むことはない。だが、野毛の町には数軒の喫茶店がある。交番前の錦橋通りの一つ目の角を左に曲がるとブラジル・コーヒーの店「サンパウロ」があり、「サンパウロ」から野毛電車通りに向かい二つ目の通りを左に曲がるとジャズ喫茶「ちぐさ」がある。店の前を通るとボリュウムを落した軽快なリズムの音楽が流れている。露店の立ち並ぶ野毛通りを突っ切り、カナクボ果物店の横を入ると街角に古風な作りの喫茶店「ポンユウ」がある。マスターは愛想のいい人だ。よく赤いチョッキを着ているが、これが自然に板についている。どこかゲイリー・クーパアに似ている感じの長身の紳士だ。竹さんが店の前を通ると、マスターが店の前に出ていることがある。ニコニコしながら、「ご苦労さん」とねぎらいの挨拶をされると、竹さんも「コンニチワ」と挨拶をかえす。田舎者の竹さんと、洗練された紳士では、それ以上の会話は進まない。竹さんは頭を下げて巡回を続けた。桜木町駅前交番に立ち寄ると海軍軍楽隊出身の交番長から野毛の「ちぐさ」には貴重なレコードが沢山あり、常連客には名のある音楽家もいると教えられた。だが、竹さんには「ちぐさ」は近寄りがたい存在だ。やはり赤いチョッキの「ポンユウ」のマスターに親しみを感じていた。

二・デンスケ賭博師

野毛の町に一際目立つ奇怪な老人がいた。名前を知る者は仲間内にもおらず、「じいさん」でとおっていた。噂では、十六歳位の美しい女房がいるとのことで、そのためか老人のみなりは、かなりハイカラだった。白髪頭に派手なサラサ模様のスカーフで鉢巻をしている。それに白い髭をたくわえた容貌は、どこかベートウベンに似ている。自分で開発?した一メートル平方位のベニヤ板に時計の文字盤のようなデザインを書いた道具を使ってデンスケ賭博をやっていた。近所の人の話によると、前歯一本しかない老人のなめらかなシャベリが面白いとのことだ。「サァ張った、サァ張った、張って悪リィは親父の頭、張らなキャ食えネェ提灯屋、サァ、サァ張った、張った」とやると、リンゴ箱を重ねた台に乗せたベニヤ板のまわりを取り巻いたサクラ（仲間）が百円札をポンポンと好きな文字の上に張る。「サァ始めるよ、始めるよ」とオドケた声で「ドッコイ、ドッコイ」と言いながら盤の上の針をクルクル回す。針の止まったところに賭けた者が盤の上の掛け金を全部貰うのだそうだが、糸で操作しているので客は勝てない。だが、「じいさんとサクラの演技?」がうまいので、立ち止まって見ているうちに、引きこまれてしまうわけだ。その頃の交番の横には取り上げたリンゴ箱がいつも積んであった。

デンスケバクチをしていた
何者かわからない、ナゾのじいさん
シラガ頭にサラサもようのハデな
スカーフで鉢巻きをしていた。

三・帝大出の浮浪者

京浜急行線、日の出町駅東側上の台地の崖に小さな防空壕があり、一人の浮浪者が住んでいた。髪をボウボウとのばし、髭ものびるがままで風呂にも入らず、顔はくすぶっている。その防空壕の前は高台の空地になっていて、そこに立って見渡すと、焼跡に建てられた木造の家並みの向こうに横浜港が一望でき、まさに展望抜群の場所である。浮浪者は黒いオーバーコート、色不明のくすんだ背広を着て、黒皮のボロ靴を履いている。日の出町駅の横の石段を登って行くと、その高台に出る。「コンチワー」と声をかけると、「ヤアッ」と言って前歯の抜けた柔和な笑顔があらわれる。彼は、空地に竈をつくり、たった一つ持っている大きな飯盒に、飲食店のゴミ箱から拾ってきたのだろうか。ギンシャリの残飯を入れてお粥をつくる。一人暮らしの浮浪者の病死がよくあったので、竹さんは、巡回のとき立ち寄ることにしていた。ある日、竹さんは、なにげなく浮浪者の読んでいる本を見て驚いた。外国語の原書、哲学書、中央公論などと、むずかしい本ばかりだ。竹さんが「あなたは学者ですか?」と尋ねると、「東京帝大で哲学を勉強しました。」と答え、ウララカな春の日差しをいっぱいに浴びて、前歯の抜けた黒い顔をほころばせ、気持ちよさそうにニコッと笑った。

フランス山
フランス領事館
横浜港《よこはまこう》
米軍キャンプ
①あなたは学者ですか？
②東京帝大《とうきょうていだい》で哲学《てつがく》を勉強《べんきょう》しました。
竹さん
防空壕《ぼうくうごう》
哲学書《てつがくしょ》

四・経済取締り

敗戦後間もないころは、経済統制されていない物資はないと言っても言い過ぎでない。警察には経済係という闇物資取締りの専門係があるが、人手不足に加え、闇物資に頼らなければ生きられない時代では、ときどき行われる米軍の一斉取締りに協力するのが精一杯なのだ。ある日、米軍MPがジープで交番にやってきて、野毛の闇市の取締りをすると言う。MPと日本警察官が協力して取締りをするわけだが、主体は、やはり日本警察官だった。だが、占領軍絶対の時代だから、米軍物資を売っている人びとは、蜂の巣をつついたように商品を隠した。竹さんが気にかけたのは、錦橋通りの中程で細ぼそと喫茶店を営んでいる幼い一人娘を抱えた戦争未亡人の店だった。「母親が捕まると生きて行けないだろう。」と考えた竹さんは、真っ先にその店に飛び込み、「一斉だ、砂糖などないな?」と言って表にでたとき、MPが来た。竹さんがMPに「OK」と言うと、MPは、「OK」と答えて一緒に交番にひきあげた。結局、その日に捕まったのは、本署経済係と米軍幹部が行った大きな料亭だけだった。竹さんは、生きるための闇と、金儲けのための闇とは違うと考えていたわけだ。

食《く》うものも、着《き》るものもじゆうに手《て》に入《はい》らない、生《い》きていけないヤミの時代《じだい》があったのだ。

竹さんは、東京でエイヨウシッチョウになったことがあった。配給米《はいきゅうまい》という言葉《ことば》があっても、竹さんは米《こめ》の配給《はいきゅう》をうけたことはなかった。

そのころ、ヤミ米《ごめ》を食《く》わないでエイヨウ、シッチョウで死《し》んだ裁判官《さいばんかん》もいたのだ。

五．浮浪児たぬき

終戦後間もない野毛の町には、戦争で身内を失い、天涯の孤児となった少年がいた。「たぬき」も、その一人で愛くるしい男の子だった。「たぬき」という呼び名は子狸のように可愛かったので露店の人がつけたのだろう。年齢は六歳位だったか、ボロをまとって露店の使い走りをして健気にくらしていた。交番と市役所で保護施設に入れても、無法地帯のもつぬくもりが忘れられないのか子犬のようにすぐ帰ってくる。ついに根負けしてしまい、露店の人びとが世話をしていた。ある寒い冬の夜、竹さんは、先輩とともに巡回から帰る途中、寒風の吹き付ける屋台に丸くなって寝ている「たぬき」をみつけた。人情に厚い先輩が「竹さん、このままでは凍え死ぬぞ、交番に連れて行こう」と言ったので、竹さんは、着ていた制服のオーバーコートを脱いで「たぬき」をくるみ、横抱きにして桜木町駅前交番に連れて行き、ストーブのそばに長椅子を置いて、そこに寝かせた。しばらくすると、青かった少年の顔に赤味がでてきた。先輩と竹さんは安心して同僚に少年を頼んで休憩室に入った。その頃の交番には、そんな仕事もあったわけだ。

戦災孤児《せんさいこじ》タヌキ!
なんかいも、ホゴしせつにつれていったが、
すぐニゲテくるので、露店《ろてん》の人たちが、
せわをしていた。

ダブダブの
オトナの服《ふく》を
着《き》せられている。

だれかに
もらった
ズック靴《ぐつ》

バンドのかわりに
ワラなわでしばっ
ているこどもある。

六．お婆ちゃんの心配

竹さんの交番の管内には、竹さんと同じ房総出身者が集まって住んでいた。巡回中、井戸端会議をしているオバさん達のそばを通ると、懐かしい房総語?が耳に入る。竹さんは「コンチワーッ」と声をかけ、房総語?で話の中に入った。子供達も自然に竹さんになついたので、身内のようなものだ。竹さんを息子のように思っていたお婆ちゃんが心配したことは、「あんなにニコニコして頼りない男に、闇市の交番が勤まるだろうか?」ということだったらしい。近所のオバさん達も同じように話していたようだ。そんなときのことである。　大きな風呂敷包みを持った男が歩いてきて、立番勤務中の竹さんの姿を見ると「しまった」というような素振りをした。竹さんは、すかさず声をかけた。途端、男は風呂敷包みを竹さんに投げ付けて一目散に逃げ出した。その頃の野毛通りは歩車道の区別はあっても、歩行者の通行で一杯だった。ノロマの竹さんは「捕まえてくれーッ!」と叫びながら、ドタドタと追いかけた。丁度そのとき前方から本署の部長刑事二人が連れ立って歩いてきたので、男は苦もなく捕まってしまった。竹さんは、部長刑事とともに男を交番に連れていった。それを買い物にきたお婆ちゃんが見ていた。「鬼のような顔」だったということで、「あれなら大丈夫勤まる」と、お婆ちゃんも同郷の人達もひとまず安心した。

①

アレデ
やみいちの
コウバンが
つとまる
のかネェ？
オマワリサン
アソボウッ

②

アンレッ、オニのようなカオしてるッ
アレナラだいじょうぶツトマルヨッー

七・三人娘の下駄の音

夜十一時頃、立番勤務をしていると、吉田町方向からカラコロと複数の女性の下駄の音が近づいてくる。「今晩わァ」と一斉に挨拶する。三人の可愛い娘さんである。「これからお風呂ですか」と声を掛けると、「ハァイ」と明るい声が一斉に返ってくる。吉田町にある「とんかつ屋」さんに勤めているピチピチした明るい三人娘なのだ。竹さん達と同年輩のためか、交番の前を通るときは必ず挨拶をして通り、夏の夜は立寄ることもある。どうも交番のお巡りさんに興味以上の好意を持っていたらしい。甲先輩はA子さんと結婚した。乙先輩はB子さんに夢中になっていたが、乙先輩には「許嫁」がおり、幼馴染みの親友、丙先輩が両親の依頼で強く忠告していた。竹さんは、丙先輩から、「お前、同じ交番だからB子さんに相手にするなと言ってくれ」と頼まれたが、竹さんは、無視していた。それは、B子さんの気持ちは別の方向に向いていて、乙先輩を相手にしていないことを知っていたからだ。だが、B子さんの思っている人にも決まった人がいたようなのでB子さんも片思いをしていたわけだ。一番若いC子さんは、丁先輩がすきなようだったが、丁先輩は、モテモテのハンサムだから、C子さんには手の届かない存在だったようだ。もちろん「鬼のような顔」に変身するという評判の竹さんは蚊帳の外だった。

伊勢佐木
警察署
都橋巡査派出所
カラカラ
コロコロ
カラカラ
カラカラ
コロコロ
カラカラ
コンバンワァーッ!
ハァーイ
A子さん
B子さん
C子さん
都橋
イマカラオフロデスカッー

八・舌をヤケドした焼きたてのアンパン

真冬の交番勤務は厳しい。寒さが身にしみるのだ。同僚は、それぞれ生活の知恵で腹に新聞紙を巻いたり、靴に唐辛子を入れたりしていた。ある日、竹さんはK巡査と二人で午前四時からの巡回にでた。巡回経路は、巡回のサボリ防止対策の警ら箱が設置してある泥棒道だ。警ら箱の中には勤務計画により巡回する巡査が、巡回した時間に認印を押す紙切れが入っている。幹部が回ったときには、監督欄に印を押すことになっている。幹部の中には、警ら箱のところで部下を待っている者もいるので、指定時間に巡回印が押してないときは、犯人逮捕などの正当な理由を説明できなければ勤務を怠ったことになり、始末書をとられ、勤務評定が悪くなる。その日の竹さん達は、極めて真面目に巡回し、成田不動尊別院の付近に差しかかったとき、一生懸命作業している家があった。見ると、その家はパン屋さんだった。おやじさんが竹さん達を見て、「お巡りさん寒いのに、ご苦労さんだネェ、まあ、焼きたてのアンパンでも食って行きなよ。」と言って、アンパンを一個ずつ出してくれた。竹さんは喜んでアンパンを貰い、一口ガブリとやったとき、そのアンコのあまりの熱さに「アフ、アフ、アフ」と冷たい空気を吸い込んだが、竹さんの舌は、かなりの時間ヒリヒリと痛み、パン屋のおやじさんの熱い気持ちが身にしみる竹さんであった。

①
オマワリサン ごくろうさんだねェッ マア、やきたてのアンパン でも、くっていきなよッ
そりゃドウモ イタダキマースッ
②
ガブリッ ヒエーッー アフ、アフ、アフッ
③
竹さんのシタはヒリ、ヒリいたんだ。

九・中国靴を作る老婆

都橋の交番から、桜木町駅に通じる錦橋通りの左側の歩道を歩いて行くと、「マッポーッ！」という叫び声とともに、デンスケ博打をしているチンピラが急いで店じまい?をする。その場所の近くに精養軒という小さな中華料理店があり、その店の老婆が店の前に椅子を出してチョコナンと腰掛け、中国靴を作っている。老婆の靴作りは雨でも降らないかぎり、ほとんど毎日作っているのだ。木型を使って布切れを縫い第一段階の作業が終る。その上に、キラキラ光るビーズ玉の飾りのついたコールテンやビロードの布切れを縫い付けて可愛い女の子の靴を作り上げる。男物の靴は中国風の船の形をしている。竹さんが、老婆の前を通ろうとすると、「お前、靴の文数はどのくらいだネ。」と聞くのだ。「二十六、五センチかな。」と答えると、「文数で言えッ」という。竹さんは、「いくらだったかなァ」とトボケルと「足出せッ」と言う。老婆は竹さんに自分の作った中国靴を履かせたいらしい。竹さんは、「今忙しいから暇なとき」と言って通り過ぎた。それから、「足出せッ」、「暇なときネッ」が挨拶のようになった。中国人一世の日本語には敬語がなく、ぶっきら棒だが、異国で耐えた苦難の時代をくぐり抜けた偽りの無いぬくもりを感じさせた。ともかく老婆は制服姿の竹さんに中国靴を履かせたかったのだ。

＊文（もん）：昔、履き物の大きさは、一文銭（びた一文の一文銭）を並べてはかっていた。明治以降、この単位で靴の大きさも表された。一文は二・五センチ。プロレスのジャイアント馬場の一六文キックは有名。

オマエあしナンモンだッ
オマエにチュウゴクのくつ
つくってやるよッ
いまイソガシイから
あとでなッ

十．白梅という店

カストリ横町に白梅という飲屋があった。中年の奥さんと美しい娘さんの居る店だ。ある日、竹さんは巡回中この店に立ち寄ったところ、目付きの鋭い中年の男が二人で酒を飲んでいた。「コンチワーッ」と言って、店に入った竹さんは店の暖簾に書いてある「白梅」という店の名を見て、「奥さん、白梅より紅梅がよかったじゃない？」と気軽に言ったところ、飲んでいた男の一人が「俺は、赤は嫌いだッ！」という。奥さんと娘さんが声をあげて笑った。奥さんが「赤は嫌い氏」を「竹さん、この人がわたしの旦那で店の主人だよッ」と言い、もう一人の男を、「その人は元特高の警部補だよッ」と紹介した。竹さんが頭を下げると、元特高氏が店の主人を「この人は、有名な右翼団体の長だ」と教えてくれた。竹さんは「エライこと言ってしまった。」と思ったが「イヤーッ、そうですか。」と言って調子よくトボケた。そのうち主人が「まあ、飲めッ」と言う。竹さんが「勤務中ですから」と言うと、「いいから飲めッ！」と言う。竹さんは余計なことを言った負い目があるので「一杯だけですよッ」と言って、左手で盃を受けようとしたところ、今度は怒り出した。「コラッ！　俺は、左は嫌いだッ！」という。特高氏と奥さんと娘さんが笑っている。盃を右手に持ちかえて一杯だけ受けたが、思想もここまでくると滑稽だと思った。

コラッ！
ヒダリテ
だすなッ！
オレは
ヒダリは
キライだッ！
白梅

十一・伊勢屋食堂

漢字で書いてもよくわからない監弁屋という食堂が、警察の近くに必ずある。伊勢屋食堂もその一つだ。言葉では「かんべんや」となるので、竹さんは「貰い下げ」専門の悪い奴だと勘違いした。だが、すぐに留置人の食事を作る店だとわかった。留置人を入れる鉄格子の部屋を監房といい、監房の弁当を縮めて監弁と言う。監弁を扱う店だから監弁屋なのだ。この店は、寮生活をしている新米巡査の配給米も扱うので、食事時になると新米巡査で一杯となる。また、この食堂は配給米を扱う、当時の外食券食堂だから、この食堂には一般の人も食事にくる。米軍相手の女性達もやって来て、新米巡査と一緒に食事をしていたので、独身のハンサム・ボーイの巡査はかなりもてた。ところで新米巡査の多くは詰め襟服しか着たことがないので、警察学校で一回まわしのネクタイの結び方を教わって締めていたが、激しく活動すると、すぐゆるんでしまいダラシなくなる。それを見かねたお姉さま達が、ネクタイを三回まわしにする米兵の結び方を教えてくれた。丁寧に教えてくれるが必要以上に顔を寄せるので、あたたかい息が首筋にかかって、くすぐったい感じだ。「ワイシャツの襟をたてて、ネクタイをかけて、こっちをこの位残して、一回、二回、三回まわしてこうして結び、襟をなおしてスッと締める。はい、ハンサムになったでしょ」といった調子だ。竹さんは有難いとはいえ、襟に口紅がついていないか気になって仕方がなかった。お姉さま達は、交通手信号の批評をしてくれた。当時は米軍憲兵司令官と横浜市警察本部長が審査員となった「交通手信号競技会」が、よく行われたので、米軍と親しいお姉さま達の批評は大変参考になったのだ。

こうして
イッカイ
ニカイ
サンカイ
まわすのよッ
クチベニ
つけないでッ

十二．野毛のヤクザ

竹さんが勤務する野毛の町は、飲屋の赤いちょうちんに灯がともると、あちこちで喧嘩が始まる。十人位で喧嘩しているときは、少なくとも五人位の警察官が駆けつけるのが普通だが、一度に方々でやられると、分散させられてしまい、竹さんが一人で駆けつけることもある。大勢の喧嘩は会社員の宴会の流れが多かった。そういう連中は、警察官を俺たちの税金で飼っていると考えているものが多い。「ポリ公、けぇれ！　てめぇらぁ俺達の税金で食っているぢゃねぇか！」とわめきたてて、収拾がつかなくなる。しかし、竹さんの立場では、引込むことはできない。「ふざけるな！…税金は俺達だって払っているのだ！…静かにしねぇと、豚箱へ突っ込むぞ！」と一喝してみても、「おもしれぇ、やってみろ！」と、叫んで向かってこられ、てこずっていると、どこからともなく長身の大男が出てきて、サッと上着を脱いだ。腹に真っ白いサラシを巻き、背中に花札を散らし、両腕の龍をおどらせている。「ヤイ！…　てめぇらぁ！…このショバで箱の旦那の言うこと聞かねぇと、俺が相手になるぞ！…かかって来い！」と、年季の入った本物の啖呵が飛ぶ。すると、喧嘩をしていた会社員は一瞬にしておとなしくなった。助けられたとはいえ、竹さんの心境は複雑だった。「昔なら、警察官に一喝されただけで、静かになっただろうに、今では、無法者でなければ町の平和は守れないのか、一体、民主主義とは何なんだ？」と、無性にさびしく悲しかった。そして、この街を守るには自分を捨てなければ守れないと思った。警察学校で学んだ人権意識を考え直さなければ、この街に平和は来ないと思った。それからの竹さんは、酔っ払いの喧嘩には敢然と立ち向かうようになった。

ポリコウゥッ！
ケェレッ！
テメェラ、オレタチの
ゼイキンでクッテンぢゃ
ネェカッー
フザケルナッ！
ゼイキンはオレタチだって
はらってんだッ
シズカにシネェと
ブタバコへ
ツッコムゾッー
ヤイッ！
テメェラッ！
ハコのダンナにサカラウと
オレがアイテだッー
カカッテコイッー
アリャッ
アイテがワリィッ
ジンケンつうじネェッー

十三．オジキ

竹さんの交番の管内には、竹さんと同じ房総出身の人達が多く住んでいた。そのなかに、ヤクザの若い衆たちから「オジキ」と慕われている親分がいた。「オジキ」とは大親分の兄弟分のことだ。オジキは、竹さんの隣村の者だった。竹さんには、大正初期の柔道三段だったとのことで、包帯を巻いて入れ墨を隠して伊勢佐木警察署の道場で行われた、一般人の柔道の試合に出た話を自慢げにすることがあった。ある日、巡回中に立ち寄った竹さんが郷里に行ってくると言うと、俺の実家に寄ってくれと言い、巻紙に毛筆でサラサラと手紙を書いたが、目を見張るほどの達筆なのには驚かされた。手紙を書き終ったオジキは、クルクルと手際良く紙を巻いて特製の封筒に入れ、実家を継いでいるという実弟の宛名と差出人に自分の名前を書いて竹さんに手渡した。竹さんは、その手紙を持って郷里に帰り、親戚の自転車を借りてオジキの実家を訪問して驚いた。綺麗に刈り込んだ生垣のある門を入ると右側に馬小屋がある。庭には手入れの行き届いた植木が沢山あり、広い屋敷と茅葺き屋根のドッシリとした母屋は、竹さんの郷里の武家屋敷そのものだ。手紙を持った若者が行くと電話してあったのか、実弟のもてなしは豪華なものだった。半農半漁の村だったので、大きなテーブルに山海の珍味が豪勢に並べられた。長男が極道になったため、実家を相続した次男は、兄の悪口も、よろしく頼むとも言わなかった。夕暮れ近くに竹さんは、丁寧にお礼を言ってオジキの生家を出た。海岸の小道を自転車で走りながら、貧しかった自分の生立ちと引き比べて複雑な思いが脳裏を走った。「あんな立派な家に、生まれ育ったスグレ者が、何を迷ってヤクザなんかになったんだぁ！」と、真夏の太平洋上を赤く染め、沈もうとしている真紅の太陽に向って叫びたかった。

オレのジッカに よっておくれッ テガミかくから モッテッテ おくれッ
チヂミのシャツ
ジュズ
イレズミが スケテみえる
チャブダイ
スゲェ タッピツダッー ヨメネェッ?

十四・夏祭り

野毛の祭りは夏祭りだ。長い間の戦争でお祭りができなかった住民は、お祭りを再開した。各町内に神酒所《みきしょ》が作られ、田舎者の竹さんが驚くほどの小さな神輿が飾られていて、揃いの浴衣を着た旦那衆が詰めている。神酒所にタカリにくる不届き者もいたので、各神酒所に警察官が一名ずつ配置され、交番には本署から主任が出張し、署長も巡視にくる。警察官は全員非番勤務だ。竹さん達交番勤務員は、交番に待機させられ、ときどき三名位で神酒所まわりをやらされた。ヤクザの大親分は、身内が町内の神輿を担ぐのはいけないと思ったのか、どこからか大神輿を借りて?きて、若い衆には、その神輿を担がせた。署長は、担ぎ手が担ぎ手なので、非番勤務員全員をその神輿に集中させた。神輿の渡御が始まると一際目立って威勢のいい、その神輿に町内の女衆は目を見張って見物におしかけた。六尺褌を締めた裸の若い衆が、倶利伽羅紋紋を躍動させて勇み跳ねると、神輿が空中に跳ね上がる。神輿奉行は全部兄貴だから、いくら威勢がよくても統制はしっかり取れている。この祭りは、町民もヤクザもともに神輿に酔って思いっきり楽しんだので、見ていた署長も大幅に許可時間を延長してしまった。竹さんは、町の人達の心からの喜びの顔を見たような気がした。

見物《けんぶつ》する
町内《ちょうない》の
人達《ひとたち》
女《おんな》衆《しゅう》が
多《おお》い。

女《おんな》は御輿《みこし》を
担《かつ》がない
からだ。

十五．交番を愛する町の人びと

交番の周辺の、町の人びとは、交番のお巡りさんは我が子同様だと思っていたようだ。竹さんが立番をしていると、交番の横で花屋をしている、おじさん夫婦がやってくる。家は別のところにあり朝早く出てくるのだ。「おはようッ」というと、「竹さん、ゆんべは静かだったかねッ」と聞く、「イヤーッ、本署に四人ほど連れて行ってるよッ」と答えると、「そうかねッ」と言って嬉しそうに笑った。自分の子供の手柄のように思えたらしい。交番の前に煙草屋がある。煙草屋の店番は看板娘がやっているのが多いが、この店は男の子だけで看板娘がいないので、店番はおじさんの仕事だった。交番が出払ってしまうと道案内などは、この人達がしていた。交番の建設に当たった職人は特に交番を大切にしていた。夏になると鳶職の親方が丸太とヨシズを持ってきて、立番勤務のために日除けを作ってくれる。裏の畳屋のおじさんは、畳が痛むころを覚えていて表替えをしてくれる。宮川町の左官職の親方は「竹さん、交番の壁は傷んでいないかねッ」と聞く、「ピストル暴発させて弾丸を掘り出した痕がある」なんて言おうものなら、すぐやってきて塗り替えかねない。全部無料奉仕だから、竹さんは「大丈夫だよッ」と答えた。

しかし、左官の伊奈庄次郎は、交番の壁を補修してくれた。さらに、竹さんはその自宅の四畳半の部屋に止宿することになる。十六歳から十八歳の秋まで大阪で左官職の見習いをしていたからである。竹さんは毎日、伊奈家のテルおばさんのつくった弁当と小さな六法全書を手提げ鞄に入れて通勤するようになった。

花屋《はなや》の夫婦《ふうふ》
日《ひ》除《よ》け
交番
とび職《しょく》の親方《おやかた》
休《きゅう》憩《けい》室《しつ》
畳屋《たたみや》のおやじさん
交番
大丈夫《だいじょうぶ》だよッ
左官職《さかんしょく》の親方《おやかた》
コウバンのカベはイタンでいないかねッ

十六．豪雪の日

ある冬の日、朝から降り出した雪は止むことがなく、ズンズン積り始めた。交番勤務員が心配したのは浮浪者の保護だった。放っておくと大量の凍死者がでてしまう。宿船という水上簡易宿泊所に収容するには限界があり、収容できない。当時の国鉄桜木町駅は、終わりの電車が着くと入口を閉めるが、今日だけは駅長にお願いして開けて貰おうということにした。署長に報告し、箱長が駅長に交渉して開けて貰い、かなりの浮浪者を桜木町駅内に収容した後、竹さん達は町を巡回した。ゴム長靴がズブッ、ズブッと積った雪のなかに沈む。寒い風を避けて軒下に藁とムシロを敷いてボロ布や新聞紙などをかぶり、抱き合っている夫婦者の浮浪者もいる。無慈悲なようだが、軒下での焚き火は禁止しなければならない。だが、桜川は、ほとんど水流がないので橋の下は格好の焚き火場所だ。新聞紙やムシロ、セメント袋で囲って焚き火をしている。「あまりおおげさに焚き火するなよ」と言うと、焚き火で顔を照らされながら、「薪がなくなるから、しませんよ」と口をそろえて言い、一斉に爆笑した。薪は、八百屋とか果物屋の前に出してある蜜柑箱や林檎箱だ。ゴミとして捨てる物だから、店の方でも店先は綺麗になるし、人助けにもなるので、喜ぶだろうと竹さんは思った。夜が明けると雪は止んだが、交通機関は止まっているので翌日の勤務員は出てこれないから、非番勤務になると思っていた。ところが驚いたことに朝早く家を出て、戸塚、保土ヶ谷、大船方面から歩いて出勤してくる。中国大陸で体験した雪の行軍を懐かしむかのように、高く積もった雪の道路に深くて長い足型を残して一人、二人と……。

水上簡易宿泊所。昭和 30 年ころ、末吉町、大岡川岸。
（警察文化社写真部『神奈川県警察の偉容』警察文化社、昭和 31 年）

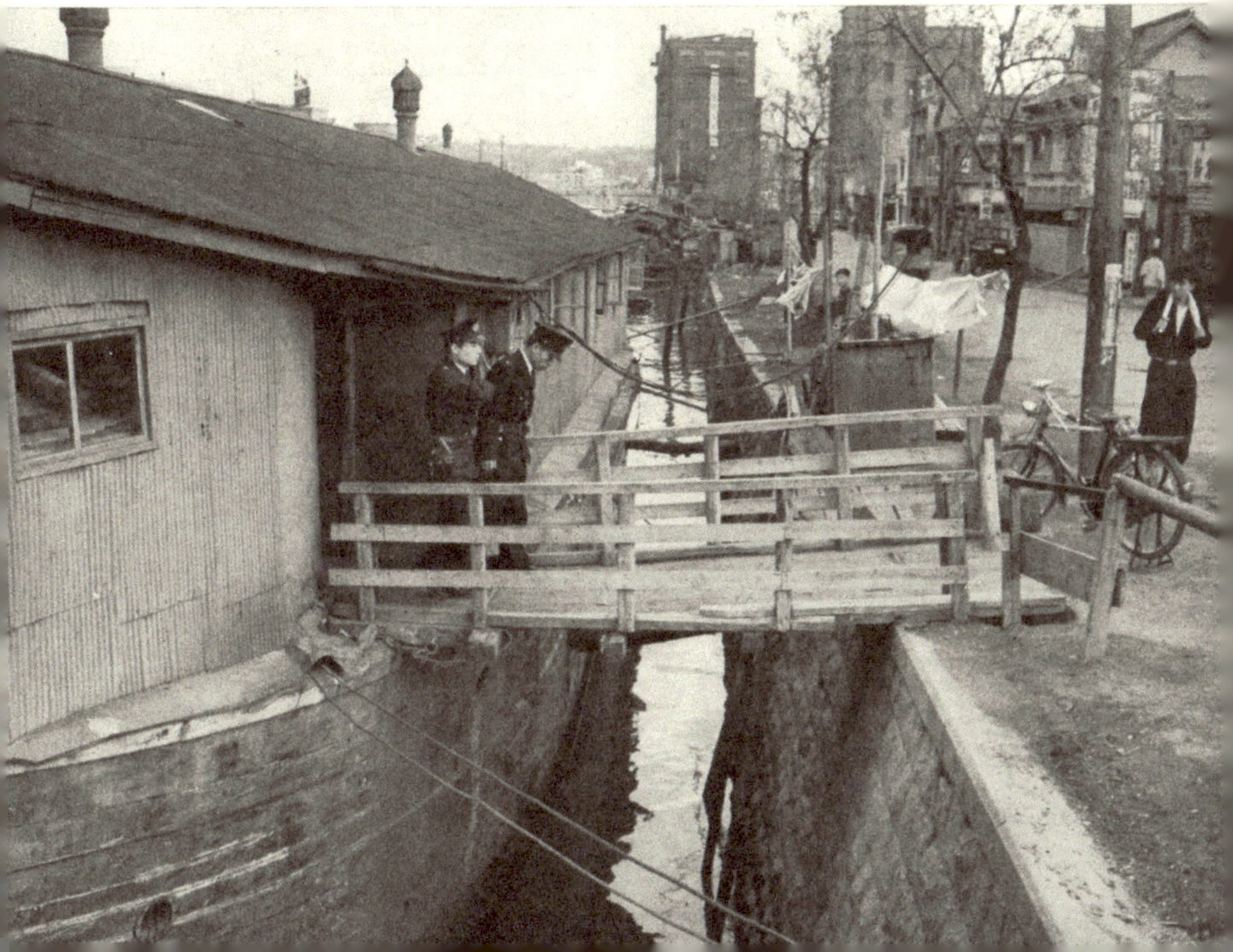

野毛の夏祭り（著者提供）

V. 解題

一・都橋商店街

昭和三〇年代のなかごろまでは、野毛の商店街には露天が残っていて、道の両側に古着や靴を売る店などがひしめき合っていた。交通量が増えたからか、あるいは東京五輪の準備からか、それが一掃されることになった。大岡川の川べりに勝手につくられていた住居なども気づいたらなくなっており、都橋交番の裏から宮川橋にかけて、鉄筋二階建ての長屋のようなものがつくられ、露天商が一階にずらっと開店し、二階には間口の狭い飲み屋やバーがならんだ。立ち退きの保障かなにかで、にわかづくりの建物に、「都橋商店街」となんともおおざっぱな名前がつけられた商店街の風情は、露店街のそれとはまったくちがうもののように思われた。

戦後復興が終わり、高度成長期になると、客足は伊勢佐木町や横浜駅西口に向かい、野毛商店街はさびれてゆく。まちにいくつかあった銀行はほとんどが移転してしまい、目抜き通りにも飲食店が目立つようになった。木造建築はビル化され、まちの祭りもバス旅行などへとかわっていった。下町の風情は失われていったが、まちかどや銭湯の井戸端会議はまだまださかんで、バブル経済崩壊後の再開発の手がかりとなってゆく。今世紀になると野毛通りは、モールとまではいかないが、きれいに舗装され、しゃれたビストロなども建ち並ぶようになった。しかし、あいかわらず野毛は、「デンスケ賭博に注意」などという看板が目につくまちで、「都橋商店街」は独特の場末感を表現しているようにもみえる。今は露天の店はなくなり、ユニークな店がひしめき合っている。

露店が並ぶ野毛の商店街。交番前から野毛山を望む。
制服が昭和 24 年ころの夏服なのでその時分と推測される。(著者撮影)

野毛の商店街。昭和 24 年冬服。向かって左から二人目が箱長。(著者提供)

野毛はさまざまな顔をもっている。「都橋商店街」は、闇市の時代から今までゆらぐことのないものを体現するランドマークであるとも言えるように思う。それをはっきり示したのはテレビ東京で二〇一二年一二月一日放送の「アド街ック天国　横浜野毛」である。ランキング形式でまちのスポットを取り上げる番組の五位が大岡川、そして一位が「都橋商店街」であった。川面にネオンが映える「商店街」の姿が、いろいろなアングルからクローズアップされ、何度も画面に登場した。そして、ユニークな居酒屋、バー、ビアホール、ジャズスポット、ゲイバーなどがひとつひとつ丁寧に紹介されていった。野毛小路付近の路上呑みの居酒屋、立ち飲み屋、ジャズの名店、ライブバー、ガールズバーから、付近一帯にひろがる風俗店、路上の人々その他まで含めたまちの風情を縮約するランドマークとして、川沿いの風景が提示されていた。

野毛には、チェーン店が一件もないと言われる。しかし、これはウソである。養老の滝が、それも野毛小路沿いに四十年以上前からある。面白いのは、言われなければ、チェーン店だと気づかないような店であるということである。もしかするとこれ以外にも、アンテナショップはあるのかもしれないとは思うが、独特なまちなみはそうしたものをのみこんで独特の風情をつくりだしている。

思えば闇市のまちは、国籍、年齢、職業などを問わず、さまざまな人々をのみこんでできあがったものである。露店街の風景は、まちがのみこんだものの一面にすぎない。野毛のまちは、高度成長もバブル景気も不況の時代も、そしてなんとも安っぽい二階建て「商店街」ものみこんでしまい、飼い慣らしてしまったようにもみえる。それこそが、野毛のなかでゆらぐことのないものではないか。

東京の下町に散策に行くと、昭和ものの映画のセットのようなまちなみをみることがある。下町イメージが弄ばれているようにもみえるし、実際そうなのかもしれない。しかし、一部が建て替えられてもアメ横はアメ横のままである。「都橋商店街」は、今度のオリンピックで無造作にたてかえられ、ビルになってしまうかもしれないが、野毛のランドマークが消えてしまうわけではない。

二・おかまのふじこさん

野毛地区とは、野毛本通りと平戸桜木道路が交わる野毛交差点を中心とし、大岡川、京浜東北線の線路、長者町の大通り、成田山横浜別院などに囲まれたまちである。町名で言えば、野毛町、花咲町、桜木町、そして宮川町である。昔からの飲食店街で、近隣には、風俗店、ラブホテル、そして付近に百とも言われるゲイ御用達の専門店（ゲイバー、ゲイ映画の上映館、宿泊施設など）なども建ちならんでいる。

うちの向かいもゲイバーだが、何代か前の経営者はふつうの居酒屋をやっていて、そこに、ふじこさんという人がつとめていた。今で言うオネエの人である。専門店でない飲食店にオネエがいることも、ごくふつうに受けとめられていた。トリオ・ザ・パンチの内藤陳にちょっと似た風貌であるが、見上げるような長身で、足がすらっとしているのが自慢なのか、いつも颯爽と短パンなどをはいていた。軽くアタマに手を添えたキメのポーズが得意だった。

気配りは細やかだが、口が悪い。大の巨人ファンで、巨人が優勢だと、飲み屋のなかからでかい声で「うぉーーー」と雄叫びをあげる。よほどの金持ちでなければエアコンなどない時代で、なかが丸見えになっても、どこの店も住宅も窓があけはなしてあったので、よく声が通る。聞きつけた大洋ホエールズ（現ベイスターズ）ファンのうちの母親など近所の者が、「くそぉーーーバカ野郎」と怒鳴る。すると「弱いねぇ、大洋は！」と聞こえよがしにいう。逆転したりすると、今度はこっちが「うぉおおおお」と言う。向かいからは、「くそぉ！！バカ野郎！！」などと怒号が聞こえる。「弱いねぇ、巨人は」とわれわれは絶叫する。そんな落語のようなやりとりが思い出される。口が悪いのはまちではあたりまえのことで、後にビートたけしの毒舌を聞いたとき、なつかしい響きをかんじたものである。

警察官の家ということもあったのかもしれないが、うちの横でたち小便をしている酔っぱらいなどがいると、飛び出てきて「バカ野郎、ここをどこだと思ってるんだ」とかものすごいタンカをきって注意してくれる。町内の家にはお医者さんをのぞけば、どこも庭などなくて、道路に民家が直に面していて、ドアを開けたら軒下でホームレスが気持ちよさそうに寝ているなどと言うことも日常風景だった。酔っぱらいは、あたりまえのように家の壁に向かって立ち小便をする。家によっては、壁に鳥居の絵を描いて、立ち小便お断りと添え書きがしてあった。

うちの横は、下水口があるので飲み屋街の簡易トイレのようになっていた。店の人が、トイレならあそこで、とか言っていたとも漏れ聞く。われわれはあきらめていたのだが、ふじこさんはゆるさない。もんどりうって出て来て注意をする。「バカ野郎！」と一喝すると、放水はピタリと止まるという伝説があった。震える酔っぱらいにとどめをさすように、「ちんけなものつけてんぢゃねぇよ、洗って出なおしな」とたんかをきり、やめさせると、颯爽とうちの母親のところに来て、「ママ、怒っておいたわよ」などというのであった。ママと呼ばれて、母親はまんざらでもなさそうだった。

近所の人はみんなふじこさんとふつうに話していたが、どこかに一線を引いていたかもしれないと

野毛山から見た横浜の夜景
（警察文化社写真部『神奈川県警察の偉容』警察文化社、昭和31年）

思う。その一線は、超えられるものだったかどうかはわからない。しかし、ほっておきなよ、というようなまちの距離感は子供にも好ましく感じられた。ふじこさんはキリッと生きていて、いつの間にか店からいなくなっていた。

三．ちぐさのおやじ

野毛は「老人が安心して一人で死ねるまち」などと言われていた。木造建築がまだ多かった頃は、歓楽街、ギャンブル街である一方で、ほどよい下町のつながりがあった。いわゆる「人のかおがみえるまち」で、余計なお世話をすることはないのだが、急病でたおれてもすぐに発見されるし、体調を悪くすれば誰かがクルマを出して病院に運んでくれることもあった。なにかあったときのために、家の鍵なども隣の家にあずけてあったりする。子供や高齢者が電話かけても出ないときに、見に行ってもらったりするのである。また、徘徊する高齢者をまちの人々が捜索し、見つけてくれた風俗店まで迎えに行くということもあった。しかし、家屋がビルに建てかえられるたびに、だんだんと人のかおは見えなくなっていった。

最近はジャズ盆踊りというイベントまで始めた野毛には、昔からダウンビートやちぐさという有名なジャズ喫茶があった。とくにちぐさは、戦前からある店で、有名なジャズ・ミュージシャンもはじめはここで勉強していたらしい。東京ブルー・ノートのホームページから一文を引用しておく。

「無愛想な親父さん、おしゃべりをすると常連がキッと睨む緊張感。あのジャズ喫茶独特の雰囲気がいいと言う人も、ちょっと苦手と言う人も、一度は行ってみたいのがここ。昭和8年に開店した、現存する最古のジャズ喫茶『ちぐさ』です。若き日の渡辺貞夫や秋吉敏子たちが毎日のように通い、何度も同じレコードを聴き、譜面に書き取り、互いの情報を交換し合ったこの店は、いまも当時のまま。しかし、ジャズ喫茶の親父さんのイメージともなった創業者、吉田衛さんは一昨年の秋に永眠。その一周忌には、この店を愛し、親父さんを慕った大勢の音楽家が集まり、追悼のコンサートが開かれました。」

(http://www.bluenote.co.jp/city/chigu.html)

その後閉店して資料館だけが残ったが、少し前に場所を変えて再開した。昔からの看板が店の前に出され、ときおり有名アーティストも来ているようである。店に通っていた常連の思い出話があるブログにあった。今はもうなくなって閲覧できないのだが、保存してあったものを引用しておく。おやじに常連として認定されたことが描かれている。

「店が開くのはだいたい十二時頃でしたが、ひまなこともあって通いつめました。ある日親爺がカウンターから、ぼうやちょっとこっち、と呼ぶんです。一人だったのでとことこいくと、ちょっと出かけてくるから中に入って……コーヒーはこうやって、リクエストを聞いて……レコードは名前順だから……通い始めてまだ二~三ヶ月の頃でした。それからは、十二時頃にいって店をあけて、まず好きな曲をかけて夜まで、という日が多くなりました。」

実は、ここのおやじは私にとって、ずいぶん長い間、風呂屋で会うおっさんという以上の意味はなかった。

毎日通っていた銭湯に、決まった時間に来て、こざっぱりした衣服や木綿のシャツやさるまたなどを几帳面にたたんで、マナーよく入浴して、黙って帰ってゆくおやじがいた。折り目正しいやわらかな手ぬぐいの使い方が思い出される。社交場のような銭湯で会話を楽しむこともせず、挨拶もせいぜい黙礼くらいの人だった。来ない日があると風邪でもひいたかなどと思うが、それが話題になることはないし、もちろんあの人誰だ、などと話題になったりすることも、話しかけることもなかった。

ジャズを聴くようになって、ある日『スイング・ジャーナル』を買ってみたら、あのおっさんがでているのでびっくりした。銭湯の従業員や銭湯に来ていた近所の人たちのなかには、おやじがだれか知っている人もいたかと思うのだが、誰も話題にしたことがなかった。こちらも、正体がわかっても、話題にすることはなかった。仮に何か言っても、ああちぐささんね、くらいしか言わなかったのだとは思うが。

四・平岡正明『野毛的』とまちの敬老イベント

横浜野毛について、けっこう注目されているのだなと思ったのは、平岡正明『野毛的――横浜文芸復興』（解放出版社　一九九七）を手にとった時である。出版当時ネットに掲載されていた紹介文を引用しておく。「大道芸と、美空ひばりと、サンバと刺青と娼婦とジャズの街。ヨコハマの混血文化のなかでも場末ならではの美しさを持っていた野毛に集った人々、通った店、さまざまな思い出を語る。」香具師から、文芸評論家までをこなすこの著者は、最近では日本におけるカルチュラルスタディーズの先駆者などとも言われているらしい。平岡は、『ヨコハマB級譚『ハマ野毛』アンソロジー』という野毛のタウン誌『ハマ野毛』のアンソロジーを編纂している。それをみると、野毛の風情についての大まかな構図が一望に出来る。

第1章　異国の夕暮をさまよう
平岡正明／中野義仁／福田文昭／森直実／黄成武／田中優子
第2章　ミナトの女、六人半
藤代邦男／大谷一郎／大内順／中泉吉雄／田中優子／笑順／荻野アンナ
第3章　下町硬派
永登元次郎／中野義仁／中村文也／伊達政保／中泉吉雄／陳立人／四方田犬彦／黄成武／アズマ

ダイスケ／大月隆寛／石川英輔

第4章　ビバ、下町！

種村季弘／中谷豊／田村行雄／橋本隆雄／森直実／福田豊／大久保文香／鈴木智恵子／平木茂／大久保文香／平岡正明

第5章　大道芸の自由

森直実・加藤桂／雪竹太郎／落合清彦／ルベ・エマニュエル／大久保凡／視察団座談会／水野雅広

第6章　in & out

森直実／宮田仁／高橋長英／田井昌伸／中島郁／見角貞利／佐々木幹郎／大内順／福田豊／織裳浩一／藤沢智晴／大久保文香／中谷浩／平岡正明 vs. 橋本勝三郎／田中優子 vs. 平岡正明／平岡正明／梁石日／三波春夫

大道芸、ジャズ盆踊り、野毛の祭り、吉田町との綱引き、ハロウィンはしご酒など、野毛にはさまざまなイベントがあるが、大資本がバックにいるみなとみらいとのせめぎ合いが続いている。そうしたなかで、この書物が出された頃に、野毛にぎわい座が新しくつくられた。落語や演芸をするホールに、小ホールが併設されている。平岡正明はそこで下足番を務めていた。

平岡正明編『ヨコハマＢ級譚』
（ビレッジセンター、1995）

地域の敬老会や地区の小中学校の学芸イベントなどにも、そこは使われている。かつて敬老会のメインは、町内の青年部が演じる寸劇みたいなものであった。青年部とは名ばかりで、団塊の世代の町内顔役たちが、白鳥の湖とか、水戸黄門とかをやって、大爆笑だという。かつては、地区の少年野球、地区の運動会などで大活躍したメンバーで、この人たちが、町内の祭りからまちの消防までを支えている。

人びとの度肝をぬいたのか水戸黄門で、黄門様、助さん、格さん、お銀、悪代官などなどオールキャストの熱演で、大爆笑だったらしい。その年のトリは地元選出の松本研という市会議員のかたがホンモノ顔負けのコスプレで、なんとマツケンサンバをやって、今までにない大喝采だったことは語りぐさになっている。フィナーレは毎年みんなの母校である地元小学校の校歌斉唱という具合である。

その後、平岡正明は亡くなり、評判の寸劇も団塊の世代高齢化により打ち止めとなった。

五・黄金町マリア

かつて、野毛の場外馬券売り場をつくるときにはずいぶんと地元の反対があったが、できて以来まちはたいへんな混雑となった。最近では、地方競馬や競輪、ちょっと足を伸ばせば舟券もかえるのだが、中央競馬のある日が一番にぎわっている。最近は携帯で馬券を買う人が増えたとかで、むかしほどではないが、夕方になると一儲けした人びとがぞろぞろと遊び場に向かう。少し前までは、これとは別の人の流れがあった。外国から来た女性たちである。着飾って、さまざまな国のことばで話しながら、一斉にそれぞれの場所に向かう人の流れは目を見張るものがあった。

黒沢映画『天国と地獄』にも描かれた日ノ出町、黄金町、初音町界隈は、私が通っていた聖母幼稚園への通学路だった。その幼稚園で「ガード下」浄化作戦の住民決起大会が開かれたと聞く。それからあとも、花見の時を始め、用事があって、時には興味本位で、その界隈を通過することはあっても、「内側」からそれをみたことはなかった。広岡敬一が、吉原、玉の井、鳩の街、本牧、立川などを、「内側」から撮ったように、この場所を記録できる人はいないのかと思っていたら、一冊の本（『黄金町マリア』ミリオン出版　二〇〇六）が出た。

著者は、八木澤高明で出版当時まだ三十代なかばであった。元は、あのフライデーのカメラマンだったようだが、ネパールなどの取材をして活躍されている。今は、毛沢東主義の取材をしているらしい。詳細は、ホームページをみればわかる。分け入って撮影する眼、とりわけその観察眼は、本書でも遺憾なく発揮されている。

南米、東南アジア、東欧の女性たちが客を引く姿、店のなかの様子などが、写真を交えて、描かれてゆく。本文と写真がほぼ半々である。取材の過程で、HIVに感染した女性に出会う。「噂」の取材からはじめて、病気療養中の発疹が顔にできた姿、そしてきれいに死に化粧をした棺のなかの顔も撮影されている。著者は、お店の部屋の隅にあった容器に眼をとめる。そこには、小銭が入れられている。いっぱいになると近くのコンビニに募金にいくのだという。

美談を美化する暇もなく、女性たちの「故郷」を写した写真がならぶ。タイの農村の貧困、家庭の事情などで日本に来た女性の姿などが記録されている。ブローカーが暗躍し、研修組織まであるという噂があった「チェンマイ・コネクション」などの姿を、写真は写してゆく。さらに、コロンビアのボゴタ他の歓楽街の姿が、写される。写真は緊張感に満ちている。アジアや南米でも、著者は「内側」に分け入って、写真で記録する。緊張しておびえた表情は、日本にいる女性たちの表情と対比されて浮かび上がる。

読後、新しく買った携帯でうれしそうに話し、ドコモの手提げ袋を自慢そうにぶら下げているアジアの女性をまちかどでみかけたのを思いだした。また、野毛山動物園で、子供や配偶者などとくつろぐ各国女性の姿を思い出した。配偶者は同じ国の人の場合もあるし、違う国の人の場合もある。しかし、それも、麻薬のコネクションをつくるための先兵たちなんじゃないかと言うちょっと事情通めかした人たちも、地元には決して少なくない。

八木澤高明は、「内側」からこのまちを撮るのに成功したのだろうか。それは直ちには判じがたい。しかし、豊富な写真を交えながら、一つの記録が残されたことは、大事なことであるように思われる。

あとがき

本書に収められた文章は、定年退職後の楽しみで書いた文章と絵を私家本として印刷製本していたものがもとになっています。一部を大幅に書き換えた「ノロマの竹さん」を、平成十三年第三十一回神奈川新聞文芸コンクール短編小説部門に応募し、同年十一月二日の特集号に佳作作品として掲載されました。講評会で審査員の藤沢周先生より、終戦当時の野毛の風景を描いた資料的価値、制限枚数による物足りなさなどについて、貴重なコメントをいただきました。米寿もすぎたので、資料的な記録を残すためにインターネットのブログに掲載してもらっていたのが、ハーベスト社小林達也社長の目にとまり、「本にして残しておいた方がよいのでは」というおことばをたまわり、ここに至りました。

小学校を卒業して兄のいた大阪で左官となり、徴用されて豊川海軍工廠に勤務、偶然が重なり命拾いをして終戦をむかえ、使命感ということばを手がかりにして、警察官の道を選びました。交番勤務、警察学校の教官などを何年か勤めた以外は、三十年ほど神奈川県警の交通警察分野で勤務してきました。わかりやすくいえば、テレビドラマに出てくる職人肌の警部補というような役どころです。

本書に描かれている交番勤務は、三十八年の警察官生活のはじめの四年ほどです。気負ったまぬけでのろまな新米警官に、野毛のまちは仕事を与え、暮らしを与え、そして家族を与えてくれました。そして、八十歳になったころ、野毛のまちは、小学生の交通安全見守りボランティアの仕事を私に与えてくれました。

交番勤務の時代に交通手信号を行った野毛大通りの交差点に今もときどきでかけています。いささかよぼよぼになっていますが、ピーっと笛を吹くと、若かったころを思い出します。

本にできてうれしく思います。なにより、機会をあたえてくださった小林達也社長に心より感謝申し上げたく思います。若いころより今日にいたるまでお世話になってきた野毛地区の皆さん、老後の私の支えとなってくれている警親会伊勢佐木支部の皆さん、神奈川県警伊勢佐木署の皆さん、警察学校での教え子の皆さん、野毛に根を下ろすきっかけを与えてくれた義父母の伊奈庄次郎、伊奈てる、その娘で妻の伊奈朝子に感謝いたします。ありがとうございます。

平成二十七年十一月二十八日

伊奈正司

あとがきの解題

本書は、やけあと闇市の横浜野毛かいわい、そこに生きる人びとについて描いたものである。行文からは、敗戦後のまちの赦しのようなものが浮かび上がってくるように思われる。それは、今失われつつある穏健な保守の原像ともいえるのではないだろうか。

主人公である竹崎正司は本文にもあるように伊奈家に下宿し、その後伊奈正司となり、年金給付もない伊奈てると伊奈庄次郎夫妻の老後のめんどうをみた。夫妻の一人娘であった伊奈朝子は黙々とアンペイドワークをこなし、余った賃金を惜しげもなく子供達の教育につぎ込んだ。伊奈正人はそれをおめおめと受けいれたのである。

伊奈正司は、文章や絵を書くのが好きな人で、退職後習得したワープロ、パソコンを器用に駆使して、警親会の会報などに投稿したり、いろいろな公募に投稿したりしてきた。物語をつくり、括ることばは素朴であるが、よくものをみていると思う。絵や文章の細部に爆笑してしまうようなものが隠されていたりする。身びいき承知で言えば、とくに会報に掲載された短いエッセイなどに、その技芸は顕著であると考える。

伊奈正人のつけた解題は、二人の文章の違いを明示する目的もある。まわりくどい伊奈正人に比べて、伊奈正司はストレートにものを表現する人である。私家本の文章は、ほぼ修正なく掲載した。若干バイアスのある言葉づかい、いささか紋切り型の物語のつくりかたなども、資料的な価値があると考え、一切直さなかった。

エスノグラフィーの出版に信念を持った小林達也社長の目にとまったことは、ほんとうに幸甚であった。心よりお礼申し上げます。ありがとうございました。

二〇一五年十一月二十八日

伊奈正人

著者紹介
伊奈　正司（いな　しょうじ）
1926年　千葉県安房郡（現館山市）生まれ
神余尋常高等小学校卒　元神奈川県警察官
（主要著作）
「貧しさの中のぬくもり」潮文社編集部編『心に残るとっておきの話　第6集』（潮文社、1998年）所収（松家幸治氏によりマンガ化『コミックバンチ』No.34 2007年）
「飲酒運転はなぜなくならないのか」『交通工学』25.6　1990など。

解題者紹介
伊奈　正人（いな　まさと）
1956年　神奈川県横浜市生まれ
東京女子大学教授　博士［社会学］（一橋大学）
（主要著作）
『サブカルチャーの社会学』（世界思想社、1999年）など。

やけあと闇市《やみいち》野毛《のげ》の陽《ひ》だまり――
新米警官がみた横浜野毛の人びと

発　行 ――2015年12月23日　第1刷発行
――2017年4月10日　第2刷発行
――定価はカバーに表示
著　者 ―伊奈正司
発行者 ―小林達也
発行所 ――ハーベスト社
〒188-0013　東京都西東京市向台町2-11-5
電話　042-467-6441
振替 00170-6-68127
http://www.harvest-sha.co.jp
印刷・製本　（株）平河工業社
落丁・乱丁本はお取りかえいたします。
Printed in Japan
ISBN9784-86339-070-6　C0036